語言變體與區域方言
——以臺灣新屋客語為例

賴文英 著

臺師大
出版中心

序言

　　本書的產生,主要是想對自己的博士論文及其之後約三年期間相關的研究做一註腳。各章內容大體以博士論文「區域方言的語言變體研究:以桃園新屋客語小稱詞為例」(2008)作為基礎架構,並從中對一些值得探討的議題再做整合、修改,分別發表於期刊三篇與專書論文三篇。尤以第二章「語言調查與音位標音的問題」、第四章第二個議題「四海話與優選制約」、第五章「臺灣海陸客語高調與小稱的關係」,雖屬博論的議題,但內容方面修改許多,且立論較新,結構上更具完整性,第二章的內容則尚未發表過。為保留單篇論文的完整性,除文字修辭與格式的修改外,其他盡可能少變動,故而或有極少部分的內容會重複出現。

　　雖說學術研究這一條路艱辛,何況要能有所成就更非容易之事,但敝人還是本著客語研究的信念,期許未來在客語研究與漢語方言語法研究方面可以有些許的成果,這一階段還算是專注在微觀面的客語研究,下一階段則希望以客語研究為基準,但專注在更為宏觀面的漢語方言比較語法的研究。

　　敝人研究之路尚屬短暫,出版此書《語言變體與區域方言:以臺灣新屋客語為例》,以作為自我的勉勵與期許。

賴文英　書於2012年2月

目　　次

序言 …………………………………………………………… I
目次 …………………………………………………………… III
第一章　緒論 ………………………………………………… 1
　第一節　緣起 ……………………………………………… 1
　第二節　語言接觸與方言變體 …………………………… 3
　第三節　語言變體與「層」 ……………………………… 5
　第四節　區域方言、語言區域與區域特徵 ……………… 9
　第五節　本書研究架構 …………………………………… 12
第二章　語言調查與音位標音的問題 ……………………… 17
　第一節　音位選取的原則 ………………………………… 17
　　一、音位選取的原則 …………………………………… 17
　　二、華語四組聲母的歸併問題 ………………………… 19
　　三、閩南語聲母的歸併問題 …………………………… 21
　　四、漢語方言u介音的歸併問題 ……………………… 22
　　五、英語三組子音的歸併原則 ………………………… 24
　　六、小結 ………………………………………………… 26
　第二節　音位、音值、記音與標音 ……………………… 26
　　一、音值標音或音位標音的多能性採用 ……………… 28
　　二、語體的選擇與自然語體的重要性 ………………… 31
　第三節　語言調查的基本原則與步驟 …………………… 33
　　一、前置作業 …………………………………………… 33
　　二、觀察並瞭解當地的人文特色 ……………………… 34
　　三、發音人的選取 ……………………………………… 35
　　四、調查階段──採集法 ……………………………… 36
　第四節　音位與非音位間的格局 ………………………… 38

III

一、塞擦、擦音聲母的流變 ································ 38

　　二、i介音的流變 ···································· 39

　　三、ŋ-/n-、ian/ien、iat/iet的語音現象 ················· 41

　　四、三身代詞的語音現象 ·························· 41

　　五、小稱音變的不協調性 ·························· 42

　第五節　結語 ··· 43

第三章　從新屋的開發與多方言來源看語言文化的變遷 ······ 45

　第一節　前言 ··· 45

　第二節　新屋地區的多方言現象 ····················· 46

　第三節　新屋家族的源流與勢力的消長 ··············· 48

　第四節　從多方言現象看新屋的語言文化變遷 ········· 52

　　一、第一人稱聲調的走向 ·························· 52

　　二、從中古流攝尤韻開口三等字群的韻母走向來看 ···· 57

　　三、小稱詞（仔綴詞）的語音特點 ·················· 57

　第五節　結語 ··· 60

第四章　臺灣的四海話 ··································· 61

　第一節　前言 ··· 61

　第二節　臺灣客語四海話的音韻系統 ··················· 64

　　一、聲母 ··· 65

　　二、韻母 ··· 66

　　三、聲調 ··· 70

　　四、小結：音位與非音位間的格局 ·················· 70

　第三節　橫向滲透與縱向演變 ························· 72

　　一、聲母兩可性與對立性間的抗衡 ·················· 73

　　二、古止深臻曾梗攝與精莊知章組的組合變化 ······· 77

　　三、古流效蟹山攝的合流與分化 ···················· 78

IV

四、唇音合口韻母反映的假象回流演變 …………… 82
　　五、聲調的錯落演變 …………………………………… 82
　　六、詞彙系統的消長 …………………………………… 83
　　七、小結 ………………………………………………… 86
　第四節　四海話定義探討 …………………………………… 88
　第五節　四海話的特色與類型上的劃分 …………………… 92
　　一、四海話的特色 ……………………………………… 92
　　二、四海話的類型 ……………………………………… 98
　第六節　四海話與優選制約 ………………………………… 100
　第七節　結語 ………………………………………………… 109

第五章　臺灣海陸客語高調與小稱的關係 ………………… 111
　第一節　前言 ………………………………………………… 111
　第二節　小稱詞的界定 ……………………………………… 113
　第三節　新屋海陸客語小稱的語音形式 …………………… 115
　　一、疊韻型 ……………………………………………… 116
　　二、變調型 ……………………………………………… 118
　　三、單音節後綴型 ……………………………………… 122
　第四節　小稱表現的不對稱性與高調關係 ………………… 125
　　一、小稱形態的分布與詞根調值 ……………………… 125
　　二、親屬稱謂詞小稱的不對稱表現 …………………… 130
　　三、小稱變調形成的推測 ……………………………… 135
　第五節　結語 ………………………………………………… 140

第六章　客語人稱與人稱領格來源的小稱思維 …………… 143
　第一節　前言 ………………………………………………… 143
　第二節　前人看法與問題的呈現 …………………………… 145
　　一、客語人稱的歷史來源說 …………………………… 145

v

二、客語人稱領格的歷史來源說 ································· 146
　第三節　客語人稱與人稱領格的共時表現 ························· 151
　　一、新屋第一人稱與客語人稱的聲調問題 ······················· 152
　　二、客語人稱領格的表現 ······································· 153
　第四節　客語人稱代詞系統的內外來源解釋 ······················· 158
　第五節　客語人稱屬有構式與小稱音變的關連 ····················· 165
　　一、漢語方言人稱領格與親密原則的關係 ······················· 166
　　二、人稱領格與結構助詞的歷時關係 ··························· 168
　　三、非漢語方言人稱領格、結構助詞與親密關係 ················· 170
　　四、人稱領格的表現與小稱的關連 ····························· 175
　第六節　結語 ··· 178
第七章　結語 ··· 181
　第一節　本書總結 ··· 181
　第二節　研究意義 ··· 183
　　一、語言變體與「層」的研究意義 ····························· 183
　　二、區域方言的研究意義 ······································· 187
　第三節　未來期許 ··· 189
參考文獻 ··· 191
附錄 ··· 209
　附錄一：新屋鄉各村戶數、人口數統計表 ··························· 209
　附錄二：新屋鄉主要姓氏人口數統計表 ····························· 211
　附錄三：新屋鄉位置圖 ··· 212
　附錄四：新屋鄉各村位置圖 ······································· 213
　附錄五：新屋鄉及其鄰近地區語言分布圖 ··························· 214

第一章　緒論

本書主要探討語言變體在區域方言中所扮演的共時性角色，及其反應出歷時性語言演變的思維。本章架構如下：第一節：緣起；第二節：語言接觸與方言變體；第三節：語言變體與「層」；第四節：區域方言、語言區域與區域特徵；第五節：本書研究架構。[1]

第一節　緣起

語言學家在研究語言時，由於切入的角度與關注的焦點不同，便會存在不同的詮釋方法與原則。以往，學者較致力於構想出單一純淨沒有受污染的語言，關注語言內部關係的同質性（homogeneity），以及衍生語法（generative grammar）的研究，較少注重語意及社會層面的功能，這一派學者像是著重在共時研究的弗迪南·索緒爾（Ferdinand de Saussure）、布龍菲爾德（Leonard Bloomfield）、艾弗拉姆·諾姆·喬姆斯基（Avram Noam Chomsky）等。（參見Saussure 1956、Bloomfield 1933、Chomsky 1965、Robins 1997、許國璋1997）但到了社會語言學家，如Trudgill（1986）、Labov（1984、1994、2001）等，他們認為語言非單一不變，語言在各種環境之下有語言的異質性（heterogeneity）成分，其中包含太多無法掌握的層面以及不穩固的社會因素在內，都有可能導致語言

---

[1] 本書感謝三位匿名審查者以及其他期刊、專書論文的匿名審查者所提供的寶貴意見，在此一併致謝。論文如有疏漏之處應由本人負責。

發生變異,並產生豐富的方言變體;再如功能學派中,探討詞彙語意變化的Fillmore（1978）、Lakoff & Johnson（1980）、Pustejovsky（1995）、Jackendoff（2002）等,亦或語言類型學的Greenberg（1966）、Comrie（1989）,以及構式認知語法的Goldberg（1995、1996）等等,這些均著重於探討語言外部變化的關係,含認知功能的探究,一反傳統語言學的研究模式,於是乎,語言研究的趨勢從同質導向了異質,從衍生學派（generative）導向了功能學派（functional）。然而,同質與異質之間非絕然劃分的,例如,從音位角度來處理某些語音現象時,較屬語音方面同質性的研究,若從語音角度來處理某些語音現象時,則又傾向於語音方面異質性的研究。本書研究的問題將著重在:區域方言中為什麼會存在豐富的方言變體（含語言變體）並形成區域中的語言特色?又,這些方言變體間的關連為何?多源還是單源?從異質變體當中是否可以指出音變的苗頭或殘留現象?語言在時空交錯的流變之下,本書試從漢語方言的宏觀架構,試微觀探索桃園新屋地區展現在四海話音韻詞彙與語法、小稱詞、人稱代詞等豐富的語言變體（variants）,[2]以及探討語言變體與區域方言（areal dialects）之間的連結性。

　　本書標音採國際音標（IPA）,調值符號以趙元任所創的五度制聲調符號,調號分別以1、2、3、4、5、7、8代表陰平、陽平、上聲、陰去、陽去、陰入、陽入;若有引用之語料,原則上採原資料之標示法,或另做說明。

---

❷「方言變體」和「語言變體」定義不同,但其性質大致上相同,本書不特意區分此兩種名稱。本書指稱「語言變體」時或含括「方言變體」。

第二節　語言接觸與方言變體

　　區域中若存在多方言或多語言時，通常勢必產生方言接觸或語言接觸。語言接觸的研究，近年來漸受重視，尤其在接觸的範圍與程度上，逐漸對發生學上的譜系理論產生了挑戰，例如，阿錯（2001、2002）指出倒話是一種藏漢混合語，其詞彙主要來自漢語，構詞方式多與藏語相同，語音系統的結構對應於藏語，語法結構也主要來自藏語；另，陳保亞（1996、2005）指出語言接觸具有同盟關係，主要是通過基本語素和核心語素中主體對應語素的有階分布，來斷定是民族語言干擾漢語還是漢語干擾民族語言，並依其對應比例來建立親屬的遠近關係，對所謂的「混合語」則採取比較保守的發生學關係而非類型學關係。以上，顯示這個領域還有很多探討的空間。

　　此外，Cheng（2006）以優選理論分析粵北土話不同階段層次的小稱詞，其中，排除了語言接觸的外來成分。相對的，劉秀雪（2004）以優選理論詮釋克里奧式的語言接觸與區域地理特徵的傳遞散播，認為克里奧式的語言接觸是兩種層次制約位階的相互競爭，最後勝出的部分可能是標記性制約（markedness），也可能是忠實性制約（faithfulness），如，閩語的文白異讀；區域地理特徵的傳遞散播則是以音韻制約為主導，主動的擷取周遭語言環境中較為和諧的音韻制約位階，並納入自身的方言體系之中，如，莆仙方言。不論是從語音內部的演變或外來的語言接觸來看，優選理論都可以解釋並篩選出一個最優的輸出形式。這個理論雖試圖以多個等級排列的自由度來篩選多個最佳候選項，使成為「一個最優」輸出項，但

它是否也有可能同時容許「多個可能」輸出項的產生？此時，位階的排列勢必將更加繁複。我們或許無法從優選制約得出最優的語音或語法，但小稱音的高調徵性在小稱變體的形成過程中卻扮演重要的制約角色，又在土人感的感知中，聲調制約在四海話的形成過程中也扮演較高的制約層級，此則是本書問題探討的聚焦所在。

　　語言都會流變，流變的模式也不盡相同，其因素或為內部力量，或為外加力量，但或多或少均有方言變體的產生。而變體的定義也隨著研究對象的不同而有所不同，連金發（1999）著重在次方言間的變異性，對變體的解釋為：一個方言群中某些音韻特徵有其一致性，有別於另一個方言群，這個方言群通常也有內部的差異性，這就形成了次方言的變體；另依黃金文（2001）所言，方言變體含括規律與異讀，異讀則專指那些因方言接觸所造成的語言累增現象，主要為文白異讀。本書對變體的解釋則著重在語音性「自由變體」（free variant）的「混讀」現象，混讀變體的形成或來自於不同的層次變體。事實上，我們可以從不同性質的方言變體研究當中，指出音韻演變的一些苗頭或殘跡，亦或從中看出一種語言總的特徵（趙元任1934）。

　　此外，洪惟仁（2003a）從社會語言學以及方言地理學的角度，調查了各地閩南語的特色，指出方言變體產生的可能社會性因素，含括年齡層、教育層……等，且變體的分布呈互補性，傾向於「一人一字一音」的形式。本書不從社會語言學發音人數的「量」方面來分析方言變體，社會因素中的年齡、性別、教育等或容易導致變體的產生，但觀察此區域，這些因素

似乎不是新屋客語方言變體產生的主因，且男性或女性在社會中的互動性也無太大的差異。變體的產生反而可能和雙（多）方言能力的背景，再加上社會活動的分布區域有關，然而這種分布區域的界線仍舊是模糊的，由於交通便利，人與人之間往來密切，居民常跨村流動，導致語言也跟著流動。故而變體的產生較有可能和區域方言中語言演變的「潮流」（trend）有關，對此，我們可以從不同類型的變體當中，推測語言在區域中的發展變化，確會形成一股潮流。雖然，年齡層非造成變體產生的主因，但具有多方言能力的發音人往往為中、長年層，故而本書的年齡層將著重在中、長年層。[3]且本書「變體」的來源含括一人一字多音與數人一字多音的形式，再從多字當中呈現「量」的變化趨勢，大體來說，方言各類變體具有三種基本的形式：未變、變化中、已變，但各類變體演變的方向性與演變速度卻不等。

第三節　語言變體與「層」

「層」（stratum）的本義為「遺物」或「遺存」。（何大安2000）但隨著漢語方言研究的興盛，語音演變的分層可以有不同的層次，故而各家對於層的理解也多所不同，原則上可分為狹義的與廣義的兩種看法（劉澤民2005：26-29），前者將層次視為語言接觸的產物，例如，黃金文（2001）使用「層次」一詞來表示因語言變體（含方言）間的接觸而造成的移借現象；後者則將層次視為地理層面與時間層面的集合，例如，

---

[3] 年齡層的界定範圍見第二章。

鄭張尚芳（2002）將語言依語言演變的來源大致分成四種層次，分別為：本語語音層、非本語語音層、構詞構形變音層、文字借讀層。本書的層次涵蓋構詞構形變音層與非本語語音層中的表層語言，前者依鄭張先生的分類，語音的演變和構詞有關，此正符合本書小稱詞的探討，後者依鄭張先生的定義主要為書面語，亦即文讀層，但事實上，屬於外來成分影響的語音變化亦可歸於此層。然而，層與層之間並非是截然劃分的，構詞構形變音層與外來層的表層之間也存在某些互動，就像是內部音變與外部音變也可以是相輔相成的，故而本書研究的「層」範圍將著重在層次的模糊地帶（fuzzy area），層的模糊地帶含括語言接觸面，但也不排除內部音變力量而產生的互協變化。如下的斜線部分：

(1) **層的模糊地帶**

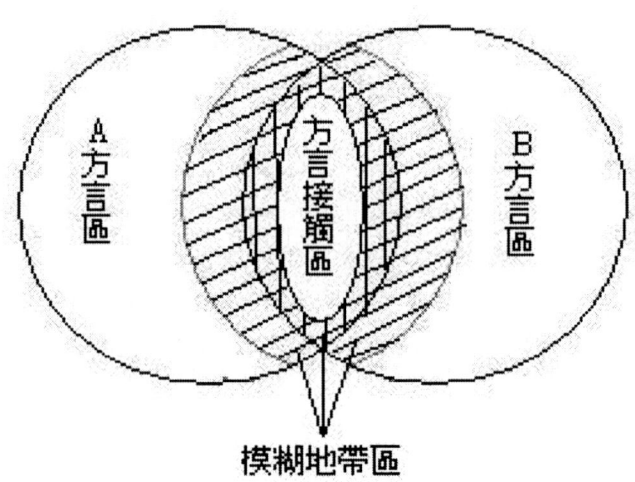

何大安（1988：93-97）在論贛方言時指出：「**今天的漢**

語方言，無論是哪一支或哪一個方言，都不敢說是孤立地從它的母語直接分化下來的。在漢語的發展過程中，分化與接觸是交互進行的。」是故，本書將語言學方面的「層」（stratum / layer）擴充並定義在：當語言因外來接觸或內部音變發生新的變化時，新舊之間變化而產生不同的語言變體，並會對新的變化發揮不同的作用力，這些不同的作用力，在結構上所表現出來的痕跡，稱之為「語言層」（linguistic stratum）。

「層」的研究一般有兩個方向，一為解釋語言區域的形成，二為解釋語言的變化，以後者來說，除了內部的語音演變，以及文白異讀之外，其他另有許多異常的音韻變化，往往可以從語言接觸及語言融合的角度得到更圓滿的解釋。（何大安1988、2000）當然，對於解釋語言的變化往往也與語言所處的區域脫離不了關係，因此，層次的研究通常無法脫離空間層，包括語言所處的區域與周遭地緣性的接觸關係。語言接觸（language contact）簡單的定義為：在相同的空間點與時間點上，不只於一種語言的使用。（Thomason 2001：1）又語言接觸產生其一的類型為：由接觸而引發的語言變化（contact-induced language change）（Thomason & Kaufman 1988），也就是說因不同的語言接觸而帶來了語言干擾現象，干擾的兩種基本模式為借用（borrowing）與優勢語干擾（substratum interference，字面義或譯為底層干擾），前者以詞彙借用為主，且不局限在區域性的多方言（多語言）現象，後者以語言移轉的過程為主，指的是說話者對目標語的習得或學習並沒有成功的移轉。然而，這兩種模式似乎都不能較好解釋新屋海陸客語的語言變化，究竟新屋海陸、四縣的接觸變化是屬於哪一

7

語言變體與區域方言

類型?而小稱詞的變化又是屬於哪一類型的音變模式?這些都是我們所關注的問題。

不過,若是純屬接觸變化,則變化的主要因素並非由語言結構所導致的,而是由說話者的社會背景因素導致的;但若非純屬接觸的變化,則語言結構也可能導致語言產生變化。但無論如何,社會層面的因素對語言接觸的方向與範圍具有決定性的影響機制,這種社會層面可以是指個人同時使用兩種語言來表情達意並作為與人溝通的工具,進而延伸到某一區域的社會中有一定數量的人具有使用兩種語言的能力,此即稱之「社會雙語」(societal bilingualism)(曹逢甫1998)。這種社會雙語主要有兩種音變形成的方向:一為個人雙語的單向或雙向擴散,由個人進而影響擴散到群居的社會團體之中;另一種音變形成的方向面為群體社會雙語的單向或雙向擴散。也就是說,當地人士的「雙聲帶」與「溝通」的能力,將是導致語言產生變化的主要因素,這種音變形成的力量使得區域中原先具有差異的方言逐漸趨同。本書將透過對應原則(參見下一節說明)找出語言產生變化的動力,若無法以對應原則來解釋的小稱趨同變化,將試著從其他方面來解釋。例如,假設新屋海陸、四縣客語存在十種音類具有差異性的對應關係(實際上或更多),其中八種,四縣的音類均向海陸趨同,但剩餘的兩種音類,四縣卻似乎無法向海陸趨同,反而看似為海陸向四縣趨同,為什麼會有不同方向性的變化?甚至在小稱詞的變化當中,大部分的小稱變化無法歸於前述兩種方向的對應變化,這又是為什麼?小稱詞中,海陸只部分向四縣趨同,四縣更只部分中的部分向海陸趨同,看似為雙向感染,但這兩種感染的範

圍都不廣。事實上，在新屋海陸腔的內部系統中存在眾多的小稱變體，變體間有自行趨同的趨勢；相對的，四縣小稱音的穩定性較大，不容易受外來成分的影響，也不容易影響海陸腔，即使有影響，影響的層面較為局部。從四周的語言環境與原鄉的來源來看，似乎無法為小稱音變自行趨同的部分找到接觸的成分，但在區域方言中卻又自成一格，這或許和「區域性」自身所形成的區域特徵有很大的關係，只是我們在後文仍需詮釋這種演變力量的生成是如何透過區域性來完成。以上的變化，某些看似為接觸的成分，其實又帶有內部的音變力量，而看似內部音變的情形，實則又帶有接觸的力量，本書暫且將其歸為模糊地帶區，不過，仍需理解的一個課題是，在演變的過程中，誰扮演主因、誰扮演輔因。

　　從共時層面來看，不管是時間層或空間層的音變現象，音變的規律不會只有一條規律在進行，而音變的方向也不會只有一種方向在主導。但從「當下」來看，某一時某一地的音變規律只能選擇其中的一條規律來進行，而音變的方向也只能選擇其中的一種方向來主導。畢竟我們不可能只抓住當下的哪一時、哪一點來做研究，故就產生「規律的競爭與擴散」，而這些規律在歷時的沉積之下，於不同的區域形成了不同性質的層次類型。

第四節　區域方言、語言區域與區域特徵

　　「層」的研究脫離不了方言所處的區域，因而本節擬瞭解區域方言、語言區域與區域特徵之間的關連。

語言變體與區域方言

　　某一語言的特點可經由不斷的接觸而波及大部分的區域，成為賦有地域色彩的「區域特徵」（areal feature），而這樣一個多種語言聚集的地區，就叫做「語言區域」或「聚合區域」（linguistic area，sprachbund，convergence area）。（Hock 1991：494，何大安1996：153-154）這種語言區域的特徵也可透過接觸、演化的互協而趨同。

　　一般來說，相互接觸的語言或具有親屬關係，或不具有親屬關係，由於語言接觸的影響，分處於不同地域的語言接觸，會導致本來同質性高的語言往不同的方向演變（趨異，divergence）；而相同地域的語言接觸影響，則會導致本來異質性高的語言往相同的方向演變（趨同，convergence）。區域方言中的趨同變化有兩種可能性：一為區域內不同方言（或語言）彼此在結構和文法範疇方面變得非常的相似（Gumperz & Wilson 1971，曹逢甫等2002），變得非常相似的部分則牽涉到方言之間的對應原則（correspondence rules）（Thomason 2001），對應原則的通則為：A言中具有x的部分，對應到B言中為y的部分，若A言影響B言，則x會本土化（nativize）成B言的一部分，此屬於常規性的借用關係（borrowing routines），反之亦然。另一種趨同變化為區域內所形成的演變力量，這種演變力量若和語言演變的自然趨勢有關時，則這種自然趨勢的發展容易透過「區域」形成的「潮流性」來主導，由此而使得不同區域，但在相同條件的語言環境之下，卻會產生不同的演變速度；但區域特徵的形成若和語言演變的自然趨勢無關時，則區域內自成的趨同變化在語言的發展過程中則是少見的情形。以上兩種性質的趨同變化，均存在於新屋的區域方言之

第一章
緒　論

中，前者顯現在當地海陸、四縣的音系、詞彙、語法，以及小部分的小稱詞之中，後者則顯現在當地海陸腔小稱詞的語音變化之中，對此，我們將探討在同一區域的方言之中，產生不同性質的趨同變化原因。

　　語言區域形成的區域特徵，其範圍可廣也可狹，廣的區域特徵可以跨越方言分支的界線，例如，在湖北以下的長江流域，n-、l-不同程度的相混，是一個分布很廣的區域特徵；狹的區域特徵，則可以將同支的方言劃分成更細的下位次方言，例如，同屬於臺灣四縣客語，其下可再劃分成北四縣（如：桃園）、苗栗四縣與南四縣（如：美濃、高樹）等三區。北四縣之所以不同於苗栗四縣，是因桃、竹一帶多海陸腔，部分地區與四縣互動頻繁，會四縣腔者多半同時也會海陸腔。在海陸腔的區域之中，如本書研究的新屋地區，當與四縣及其他次方言互動密切時，本書要關心的是新屋海陸客語是如何形成自身的區域特徵，並與其他地區的區域特徵有別，但卻與部分漢語方言的類型類同。

　　本書從區域方言（areal dialects）類同於語言區域的研究以「以小窺大」，在新屋區域方言的研究當中，是否可從小稱詞語言變體的探討窺見漢語方言小稱演變的問題？而小稱反映在區域方言層次演變的架構中，又起什麼樣的作用？這也是本書關注的問題之一。[4]

---

[4] 本書以「語言區域」指稱時亦含括「區域方言」於其中。若欲細分二者，則前者著重在區域的語言趨同性；後者著重在方言的混雜性，強調的是方言間的趨同性與保守性。

11

語言變體與區域方言

第五節　本書研究架構

　　本書除緒論與結論外,各章內容大體以博士論文(賴文英 2008b)作為基礎架構,從中對一些值得探討的議題以單篇文章發表,或另做修改並發表於期刊或專書論文。尤以第二章、第四章的第二個議題、第五章,雖屬博論的議題,但內容方面修改許多,立論較新,且結構上更具完整性。各別說明如下:

　　第二章:語言調查與音位標音的問題。此章以博論第一章中的研究方法為架構做修改並延伸探討的議題,包含對語言調查與音位標音的問題做一統整性的分析。內容包括我們在田野調查時常遇到的問題,含如何設計調查表?如何標音?取決的標準又為何?以及要透過何種方式來田調?因此我們探討了音位選取的原則;音位、音值、記音與標音的關係;語言調查的基本原則與步驟;以及在田野調查時可能遇到的音位與非音位間格局的問題探討。其中,我們也談到田野調查時不能忽略觀察並瞭解當地的人文特色,而此我們於接下來的第三章另外做一主題探討。

　　第三章:從新屋的開發與多方言來源看語言文化的變遷。這一章也是在博論的架構之下做修改並整合探討的議題,包含從多方言現象看桃園新屋地區的語言文化變遷,具三個面向的特色探討:(一)第一人稱聲調的走向;(二)從中古流攝尤韻開口三等字群的韻母走向;(三)小稱詞(仔綴詞)的語音特點。我們發現桃園新屋海陸客語的語言特色是由不同時、空層次的交替,不同方言之間的變化與競爭,從而形成共時的語言變體,同時,家族源流與勢力的消長,以及聚落活動範圍

的變遷,也造就了新屋地區的語言特色,含括新屋的開發與語言文化的變遷。本章原稿發表於《客家墾殖開發與信仰論輯》(2010)(徐貴榮編,桃園:桃園縣社會教育協進會出版,頁91-110。)

　　第四章:臺灣的四海話。本章對四海話的探討包含兩大議題,第一個議題為臺灣客語四海話的橫向滲透與縱向演變,主要在於透過橫向、縱向之間的交錯演變,以及從區域方言接觸中探究語言變遷的深層機制,關注三項議題:(一)透過共時方言比較,探討臺灣客語四海話音系與詞彙系統的特色;(二)經由一系列的實證來觀察四海話演變中的「過程」;(三)透過古音、今音雙向條件的縱橫探索,瞭解語言變遷的機制與成因。此議題主要綜合了2008與2012(forthcoming)年兩篇論文的內容,包括2008年以〈臺灣客語四海話的橫向滲透與縱向演變〉發表於專書論文《客語縱橫:第七屆國際客方言研討會論文集》(張雙慶、劉鎮發主編。香港:香港中文大學吳多泰中國語文研究中心。)以及2012年即將以〈論語言接觸與語音演變的層次問題〉發表於《聲韻論叢》第17輯。而此兩篇論文在更早之時以研討會形式發表,內容主要是從博論當中的部分篇章中整合成單篇。

　　本章對四海話探討的第二個議題為四海話與優選制約,四海話雖屬博論的議題,但內容與立論上都較博論更具體、新穎,包含優選制約的詮釋方法。主張如下:臺灣四海客家話的研究,隨著研究地域的擴大而處在不同的演變規律與方向中,本章提出定義的擴充修正原則、通行腔的方言接觸原則、排除語碼轉換原則、土人感原則等四項原則,對廣義的四海話做一

定義,同時區分狹義四海與海四話的類型定義,而「聲調」無論在廣義的四海話或狹義的四海、海四話當中,均扮演最高層級的制約,對具有雙聲帶的土人感來說,四縣的聲調或海陸的聲調都是他們最固有的成分,位階均置於最高層級,此不僅符合四海話定義中的土人感原則,亦符合普遍的語言現象。此議題原稿於2012年以〈四海話與優選制約〉發表於具審查機制的專書論文《天何言哉》(forthcoming,陳秀琪、鄧盛有、賴文英編,桃園:中央大學出版中心)。

　　第五章:臺灣海陸客語高調與小稱的關係。本章雖屬博論的議題,但內容與立論上都較博論更具體、新穎。主要說明漢語方言小稱詞所轄的詞彙不盡相同,但臺灣海陸客語有一類詞,如「狗、羊、猴、鵝」等,多數或認為不帶有小稱詞,本章主張此類詞因音韻條件的高調使然,使得小稱音變較其他類詞的演變速度來得快,之後又因區域方言之間小稱的「天秤效應」而致使海陸腔小稱音的表現處在不平衡的發展之中。本章從客語小稱顯現的對稱性與不對稱性、親屬稱謂詞小稱的不對稱表現、小稱變調形成的推測等三方面,論證臺灣海陸客語小稱表現的不對稱性與高調之間具密切的關係,部分語詞基本調為高調時,實已具有小稱於其中,且小稱形態已消失。新屋海陸腔多數語詞的小稱形態則傾向於消失中,不過小稱殘存在元音延展、音高拉高或拉長等方面,而這些現象也可說明新屋海陸腔的小稱詞有過小稱形態,且那個形態最有可能就是和新竹同源的[ə^{55}]。本章原稿於2010年以〈臺灣海陸客語高調與小稱的關係〉發表於《漢學研究》(第28卷第4期,頁295-318。)

　　第六章:客語人稱與人稱領格來源的小稱思維。此章主要

是博論第五章所探討的議題，主張人稱領格在調值方面的表現與表親密愛稱的小稱音變行為動因相同──均與語言親密關係的表徵有關。也就是名詞間語意屬性的親密關係作用於人稱屬有構式之中，屬有構式「X＋（結構助詞）＋NP」即構成屬有概念，其中「X」為人稱或人稱領格的形式，「結構助詞」可出現亦可不出現，出不出現則牽涉到X與NP間語意「親密」的程度，以及各屬有構式之後的類推效應作用，同時屬有構式的表現也與結構助詞的歷時演變有關。本章原稿以〈客語人稱與人稱領格來源的小稱思維〉於2010年發表於《臺灣語文研究》（第5卷第1期，頁53-80。）

語言變體 與區域方言

第二章
語言調查與音位標音的問題

　　田野調查常牽連到如何設計調查表？如何標音？[1]取決的標準又為何？以及要透過何種方式來田調？以下分別從第一節：音位選取的原則；第二節：音位、音值、記音與標音；第三節：語言調查的基本原則與步驟；第四節：音位與非音位間的格局等來說明，並在第五節為本章做一小結。

第一節　音位選取的原則

　　音位（phoneme，或稱音素），為具有辨義作用與具有語音形態的最小語音單位，基本上是抽象的集合，其中，同位音則是集合中的具體成分。是故，一種音位可能具有一個或一個以上的語音單位。以下先從音位選取的原則當中，瞭解學者對音位選取原則的普遍性看法，再分別以不同語言為例說明，例如，二、華語四組聲母的歸併問題；三、閩南語聲母的歸併問題；四、漢語方言u介音的歸併問題；五、英語三組子音的歸併原則；最後則為此節做一小結。

一、音位選取的原則

　　音位的選取，依調查者主觀或客觀的分析，可能具有不同的音位選取原則，但基本原則大同小異。例如，趙元任

---

[1] 本章指稱田野調查有關的語音問題時，實也包含詞彙、語法田調時可能產生的類似問題，但此處行文多以語音為例說明。

（2002(1934)：750-795）列出七點做為音位選取的原則，但作者也指出這些原則常相互衝突：

（一）語音準確，或音位的範圍小：最低程度的語音準確性。

（二）整個語言的語音模式簡單或對稱。

（三）節省音位的總數。

（四）照顧本地人的感覺：土人感。

（五）照顧詞源：符合歷史音韻原則。

（六）音位之間互相排斥：在一般的語音系統之中，較少存在音位之間的互相排斥。此指的是，同一個音可以為兩個或更多個音位，但這些音位從不出現在鄰音相同或者音重、音長、音調相同的條件，且這些音位共有一個在各方面都等同的成員，不能因歷史來源不同而使用不同的音位。

（七）符號的可逆性─見符得音，知音定符，例如，不會因為語音的同化關係，而以同化後的音視同音位。

之後，趙元任（1968：26-36）列出三點主要條件、三點附屬條件作為音位選取的原則，在此一併參考：

（一）相似性：在一個音位下，如果有幾個音值，這些音值的比較相似。

（二）對補性：在一個音位下，如果有幾個音值，它們出現的環境，在分配上，必得成對補的關係。

（三）系統性：一套音位總得成一個簡單整齊的系統。

（四）音位總數：一個音系裡的音位總數要以少為貴。

（五）土人感：在可能範圍之內，要使本地人對於音的感覺是覺得自然的。

（六）歷史原則：在可能範圍之內，要使一個音位系統，盡量符合歷史音韻來源。

何大安（1996：46-49）列出六點做為音位選取的原則：

（一）辨義原則：所有的辨義功能只靠一個音段來負擔的一對詞，叫「最小對比詞」（minimal pair），而負擔對比的這兩個音段即為兩個音位。

（二）互補原則：不同的語音永遠不出現在相同的環境，且不同的語音互相補足了對方就有可能成為互補的分配。

（三）齊一原則：凡與該音有共同特徵的其他音，也可能在語音結合上有類似的音位情形。

（四）經濟原則：是指分析所得的音位系統，不要太過於繁瑣複雜，越簡單越好。

（五）音近原則：一個音位的分音，它們共同的地方應該比不同的地方要多，否則就看不出何以會屬於同一個音位了。

（六）語感原則：就是要尊重當地人對他自己語言的認識。

二、華語四組聲母的歸併問題

　　音位的選取，既然是「原則」，就代表沒有一定的強制性，非得如此不可，但大體上不會相差太遠。例如，兩個或以上的音同為自由變體（free variant）時，有時考量點不同，也許就不必要同屬於一音位，例如，中介語──「臺灣國語」，因華語在臺灣閩南語強勢的影響之下，臺灣閩南語人士在發華語的tɕ, tɕʰ, ɕ、ts, tsʰ, s、tʂ, tʂʰ, ʂ三組聲母時，常無法區分，並常以中間一套聲母為發聲，亦或部分音成自由變體的情形，但

19

語言變體與區域方言

「臺灣國語」不因此而將三組聲母合併成一組聲母，其音系原則上仍以「華語」音系的呈現為主。因此，從另一角度來看，我們可以來瞭解華語四組聲母的歸併問題。以往，各拼音系統即是站在不同立場選擇對這四組聲母歸併或不歸併，以下我們先列表來看各拼音系統對此四組聲母的做法。

(1) **華語四組聲母的歸併情形**

	(1)tɕ, tɕʰ, ɕ	(2)k, kʰ, h	(3)ts, tsʰ, s	(4)tʂ, tʂʰ, ʂ	原則
音韻條件	始終在i或ü前	始終不在i或ü前			
威妥瑪	chi, ch'i, hsi	k, kh, h	tzu, tz'u, ssu(szu)	chih, ch'ih, shih	(1)(4)歸併
耶魯	ji, chi, syi	g, k, h	dz, tsz, sz	jr, chr, shr	(1)(4)歸併
國語羅馬字	j, ch, sh	g, k, h	tz, ts, s	j, ch, sh	(1)(4)歸併
法國漢字羅馬化系統（拉丁化新文字）	zi, ci, si	g, k, h	z, c, s	zh, ch, sh	(1)(3)(4)歸併
國語注音符號第一式	ㄐ, ㄑ, ㄒ	ㄍ, ㄎ, ㄏ	ㄗ, ㄘ, ㄙ	ㄓ, ㄔ, ㄕ	從教學觀點分立四組

	(1)tɕ, tɕʰ, ɕ	(2)k, kʰ, h	(3)ts, tsʰ, s	(4)tʂ, tʂʰ, ʂ	原則
國語注音符號第二式	ji, chi, shi	g, k, h	tz, ts, s	j, ch, sh	(1)(4)歸併
漢語拼音	j, q, x	g, k, h	z, c, s	zh, ch, sh	(3)(4)歸併

　　第一組聲母的歷時來源，主要是因第二組與第三組的歷史音韻條件使然，第四組捲舌音的形成，一般也是後期因音韻條件而使然，加上第一組與二、三、四組成互補分配，由此種種因素，各家考量音位的分合觀點，立場即不同。將四組聲母分立者，有其優缺點，一方面考量到第一組字詞的音韻歷時因素來自於兩派，從而獨立成一套，但從共時層面來看卻不容易區分其歷時的來源性；此外，若把第一組全歸併到第二組或第三組，則只照顧到部分字詞的音韻來源，而此種分法亦為音韻學派常使用。唯獨第二組不與其他組併，可能是因第二組實際音值與其他組相較之下差異較大。從目的或詮釋的考量，以上分法無所謂好或不好，例如，站在教學觀點，四組分立有其實際音值層面差異性的現實考量，但併成三組或兩組音位來說，卻也有音韻系統學習上的便利性與簡潔性優點。

三、閩南語聲母的歸併問題

　　對某些閩南語人士來說，有兩組聲母分別成互補分布：b-, l-, g-與m-, n-, ng-，[2]最明顯的例證即閩語向來有「十五音」的

---

[2] 本小節語料來自於「臺灣閩南語常用詞辭典」（2011）：http://twblg.dict.edu.tw/holodict_new/index.html，因而音標系統原文引用。

稱號,說的就是不含m-, n-, ng-這一組聲母。以「明」字來看,其白讀音分別有[bîn]、[mê]、[miâ]三種音,文讀音為[bîng];「奶」音讀也有兩個:[ling]與[ni];「硬」的白讀音有[ngē]、[ngī],文讀音為[gīng]。我們可以看到三組字的分布條件為:

(2)

 (a) b-, l-, g- → m-, n-, ng- ／在口音韻之前
 (b) b-, l-, g- → b-, l-, g- ／在口音韻加鼻音韻尾之前

  從聲母觀點處理,聲母可以為條件變體,即:b-～m-, l-～n-, g-～ng-;從音位觀點處理,可以音位化成一組聲母:b-, l-, g-,之所以選這一組為音位,是因這一組較另一組的出現環境較為限制且容易預測。但實際上,這樣子的互補分布其實和字詞的古音歷時來源有關,這些字詞除了聲母受限於b-, l-, g-或m-, n-, ng-之外,其古音需為鼻音韻尾,才能具有演變成今互補分布的條件,是故上式的條件分布在公式的呈現上不盡完善,是因不符合所有相應條件字詞的演變條件。既然這種條件變體的範圍較受限,具歷時條件,且多數有文白讀的分布,加上今大部分的閩南語b-, l-, g-與m-, n-, ng-可以構成最小對比,如:「馬」白讀為[bé],「猛」白讀為[mé](文讀為[bíng]);「內」白讀為[lāi](文讀為[luē]),「耐」音[nāi];「礙」音[gāi],「艾」文讀為[ngāi](白讀為[hiānn]),[b]、[m]、[l]、[n], [g]、[ng]三組分別構成最小對比,具有辨義作用,是故可立兩套音位。

四、漢語方言u介音的歸併問題

  漢語方言介音的發展,多所不同,廣東話沒有一切韻頭

（介音）；華語介音有-i-, -u-, -ü-三個。袁家驊（2000：150）在處理客家話的合口呼韻母時說到：「**客家話實際上可以說沒有韻頭-u-。合口呼韻母ua、uai、uan、uaŋ、uen、uon、uo、uat、uak、uet、uot、uok只能與聲母k-、k^h-配合，相拼時韻頭實際上不是圓唇元音，而是唇齒磨擦音v……，因為-u和-v-不構成對立，這裏一律寫作-u-。**」

客語u介音的歸屬原則，我們另外以19、20世紀初《客英大辭典》（以下簡稱《客英》）為例來看一些現象。其中舌根塞音拼合口呼的處理方式有兩套聲母：

(3)
   (a) k-、kh-
   (b) kw-、khw-

前者例如/ku、k^{h}u、kuŋ、k^{h}uŋ/；後者例如/k^{w}ui-、k^{hw}ui-、k^{w}un-、k^{hw}un-/。u或w屬聲或屬韻，其實是兩可的，顯然《客英》的作法是將客家話處理成沒有韻頭-u-的，而將聲母/k-、k^h-/拼上述之合口呼時，中間加一/w/圓唇半元音，但此會牽涉到半元音/w/歸屬於聲母或韻母的問題。從《客英》的聲母方面來看，w只出現在以k為聲母的音節中，而不出現在其他的聲母音節裡，這說明了w在這裡是作為聲母中帶有磨擦成分的圓唇音，因此可將w歸屬於聲母的一部分，故將/k^w-、k^{hw}-/視為一套聲母，且與/k-、k^h-/聲母亦構成對立，如/ko/與/k^{w}o-/；若從韻母來看，雖然-w-、-u-不構成對立，但若歸屬於韻母u-，在《客英》中則勢必要多立好幾個合口韻母，如ua、uai、uan、uat、uaŋ、uak、uo、uoi、uon、uoŋ、ue、uen、uet；此

外，若把w視為韻母而處理成u，在/kwui/的處理上則會說不通。從音位觀點來看：（一）-w-、-u-不構成對立；（二）從漢語方言或客語的一般性原則來看，相關的語料中一般並無k^w-、k^{hw}-兩個聲母；（三）上述的合口韻母也只與聲母/k-、k^h-/拼合；（四）從聲母、韻母歸併的原則來看，聲母與韻母的總數應愈「簡單」愈好（亦即愈少愈好），《客英》在這一點似乎符合此條件，但若把基本數減少了，卻未必可以合乎整個系統的簡單整齊這個條件。[3]因此從上述四點，筆者認為，可將-w-音位化成/-u-/，顯然《客英》在這方面的作法和其他客家語料的處理上是不太一樣的，此也許反應早期客語無韻頭-u-的現象，但我們仍要考慮語音歷時演變後實際的情形，也要考慮目前客語各次方言的情形，以及考慮到整個漢語方言大環境下的情形。

五、英語三組子音的歸併原則

英語有三組子音：[p]、[p^h]、[p˥]／[t]、[t^h]、[t˥]／[k]、[k^h]、[k˥]，但卻只存在一組音位：/p/、/t/、/k/，其音韻條件如下：

(4)

$$\begin{cases} /p/ \to [p]/s\underline{\quad}; \\ /p/ \to [p^h]/\#\underline{\quad}; \\ /p/ \to [p˥]或[p^h]/\underline{\quad}\# \end{cases}$$

---

[3] 此點相關的問題在李榮（1985(1983)：23-24）及趙元任（1968：25-36）的文章中亦有討論。

(5)
$$\begin{cases} /t/ \rightarrow [t]/s\_\_\_; \\ /t/ \rightarrow [t^h]/\#\_\_\_; \\ /t/ \rightarrow [t˥]或[t^h] /\_\_\_\# \end{cases}$$

(6)
$$\begin{cases} /k/ \rightarrow [k]/s\_\_\_; \\ /k/ \rightarrow [k^h]/\#\_\_\_; \\ /k/ \rightarrow [k˥]或[k^h] /\_\_\_\# \end{cases}$$

以上三組成平行性演變，故我們以第一組為例做說明。亦即，在s後的p其音值為[p]，p在音節開始處其音值為[p^h]，p在音節尾其音值為[p˥]或[p^h]，此三組語音成互補分布，即使語音在相同環境下，其語意不構成對立，因而我們可將此三組語音歸併成一個音位。問題是我們該選取[p]、[p^h]或[p˥]為音位呢？因而我們要考量：（一）[p]出現的環境較其他兩個更為限制，[p]只在s之後，而[p^h]或[p˥]在其他音之前或之後，因而描述上前者較為簡潔，其出現的環境也較容易預測，而其他音音值則可用「其他」表其他情形，其出現環境較複雜，不容易預測；（二）除了分布考量外，我們也考量了音韻系統的平衡性，若系統不存在其他送氣音位的話，則實在沒必要再多立一組p^h、t^h、k^{h}送氣音位，而此考量也符合了：（三）音位系統的經濟性與整齊性原則。

六、小結

音位選取的原則,基本上可綜合各家說法,並考量不同情形的需要,而定出原則,今整理如下八點所示:

(一)音近性——在分布性的前提之下,考量同位音之間應具備最低程度的語音相似性。

(二)分布性——在音近性的前提之下,考量同位音分布的互補性或自由變化性。

(三)系統性——考量音韻系統橫向組合與縱向聚合的整齊性與否。

(四)經濟性——應同時考量音位數與系統性的經濟性,若有衝突時,要考量其取捨。

(五)土人感——要尊重在地人對音的感覺。

(六)宏觀方言與微觀方言的結構格局——例如,單獨從單一方言系統來著想,亦或要考量整個漢語方言的音韻系統。

(七)語音演變的觀點——含音的深層結構與表層結構、歷時演變與共時發展的情形,若有衝突時,亦要考量其取捨。

(八)目的與詮釋性——例如,從教學目的或音韻分析的觀點,則音位選取的原則便會有所不同。

第二節　音位、音值、記音與標音

以往,我們在語言調查或閱讀書面中的語料時,語料通常以「音位」的形式來呈現,因而即使語音或語詞有變體時,

或因變體的形式不多,或變體以較整齊規律的形式出現,故而那些變體似乎就顯得不是那麼重要,也因此就被忽略了。然而,長期以來,心中一直有個疑惑,難到語音真的是那麼整齊一致呈現出規律性的變化嗎?語音從A演變到C時,中間的變體該如何對待?亦或有意忽略?當我們看到語音為整齊一致時,其中一個因素為大多數的田調偏向於將語料以音位化的方式來處理,也因此,我們容易忽略語音演變的原始樣貌與語音演變的環境分布,這種環境分布包括了音韻環境與社會情境,也包含共時與歷時語音來歷的詞彙環境分布;另一個因素為語料採集的來源問題,田調採集的方式若偏向於一人一字一音時,較有可能忽略同人同字不同音的採集,不管是傳統音韻或語法分析,亦或社會語言學的調查方式大多為前者的調查模式。以Labov(1994)社會語言學式的調查方法來說,不同的語言變體可能隨著年齡層、社會階層、教育程度、性別、社會認同度等因素影響而有所不同,但基本上,其變體分布是有其社會性的條件,一詞問A發音人得出的是A'音,同一詞問B發音人得出的也許是另一變體B'音(此或因年齡、性別等因素影響),但若A另有A"音、B另有B"音的變體時,則這部分的語料在田調的過程中,若非長期處在調查的語言環境之下則往往不察。(但同一詞在另一種情境之下,一樣問A發音人,或許也會得出A"音,此則和社會階層或社會認同度等因素有關)以往,對於無條件性自由分布的變體而言,往往失去其應有的音韻地位(或語法地位),因為在其中,我們也可能發現到不同的音變現象。筆者對區域方言中的語言變體一直感到好奇,尤其當筆者長期處在一地,對於其中的語言現象不是以書面文獻

語料的呈現所能理解的時候，不禁想深入瞭解其中的緣故。這可能涉及兩個議題：一為語言調查與音位標音的問題，二為自然語體對待的問題。

一、音值標音或音位標音的多能性採用

標音，有所謂的音值標音與音位標音，這兩者該如何拿捏，似乎沒有一種絕對性。當我們要呈現某一語言的音系時，通常會以「音位」的形式來表達，然後再附加說明相關變體產生的環境與條件。但由於各家對音位系統的認定多所不同，對於語音系統出現的環境方面認定也不同，因而不管在選取音位或決定是不是採取音位處理時，其實都有可能產生不同的分析結果。然而，若以音位標音卻常會令我們失去一些可尋的音變環境，也讓我們忽略早期音變的格局。「音位」與「音值」之間處在變動不居的格局之中，「音位」符合了歷史性原則，但卻容易失去共時層面的音變效應，「音值」或許符合了共時層面的音變效應，但卻有可能失去歷時層面的音韻意義，兩者如何兼顧，確實是一個難題。

以本書探討的小稱詞主題來說，調位是一個問題，音韻如何呈現也是一個問題。當小稱變調與基本調具有調位中立化、常模化的現象時，小稱變調的實際語音實已接近基本調，甚至與基本調同模，如何取捨，便是問題所在，這種變體正處在「妾身未明」的時期，因而往往可以體現出語音轉變的過渡階段。若取同模的常模化調位，我們便可能看不到中間轉變的過渡情形；若取調位形式來標示，同時標示出不同來源的基本調時，此或可得知語音的深層結構，但也無法呈現實際的

語音現象，如桃園新屋海陸「凳」、「帽」的基本調調值分別為：[11]、[33]，其小稱變調的深層結構應分別為：[1155]、[3355]，但事實上，二詞的小稱變調卻又傾向於[225]或[25]，並與另一基本調[24]幾近同模，不過，此類變體的語音卻還沒有呈現一致性的變化結果。故而本書的做法以語料為中心點，一方面參考語言的真實性（在比較的情形之下，土人感亦覺小稱音與基本調有差），一方面也參考音韻系統的一致性（小稱音若太過於零亂則分析上易混淆）而決定採取何種調值或調位，基本上暫不採取與基本調同模的調位來處理，以與基本調區別，但對於可能來自不同基本調的小稱變調則又採取各次類小稱變調自成一調的小稱調位來處理，但於內文分析時，依需求或採「深層」標示、或採「表層」標示，但都會註明，對於這一部分，我們先舉小稱變調的單字音模式與後綴單音節式的小稱模式來說明。

　　小稱音若處在連續統（continuum）的格局時，音位上如何取捨，常是一個問題。以入聲韻來說，古國順（2005：160-161）在類似的小稱變調，記法為-b^5、-d^5、-g^5，如「格仔」（格子）[kak^4-g^5]，賴文英（2005a）在記新屋海陸腔小稱變調時則為-p、-t、-k，如「葉仔」（葉子）[ʒaa-p]、「日仔」（日子）[ȵii-t]（調值省略），兩位作者要表達的應該是類似的小稱語音概念，但選取不同的標音方式。之所以會有不同的標音方式應和語言顯現的不穩定性有很大的關係，因為小稱詞在臺灣某些海陸腔來說，音節結構的語音形式確實正在變化著。對於小稱音變其中的兩種模式：單字音模「□^{tj5}」（tj表基本調調值，5表小稱調的高調徵性）與單音節後綴式「□^{tj} +

Dim[55]」，二者語音在大部分的詞彙來說可以是自由變體，中間存在的過渡階段還牽涉到許多的變體，因而在音位的選取方面，本書傾向於以小稱變調有標的（marked）單字音模/□[ʧ5]/來表示（形態則以「□仔」來表示），此一來小稱的高調徵性可以保留並呈現出來，同時小稱調[tj5]與基本調[24]、[55]在書面上仍可看出差異（某些小稱調實際的語音或有別於基本調，但語流中不少趨於合流，其中，[24]與[25]的調值，若非在比較的情境之下，則聽感上通常較難分辨），三來可顧及到基本調為降調時的小稱標示問題，如：/□[535]/，且對整個小稱系統來說，也可顯示出整齊一致的半音位與半調位的特性。

　　本書的分析在某一程度來說，例如小稱音，傾向於採取嚴式標音法（音值標音法），之所以如此，為的是趙元任（2002(1934)：750-795）曾說明嚴式標音的目的有五點：（一）當需引證一些形式時，以討論問題；（二）在比較方言學中提出詞或音的形式；（三）指出音變的苗頭或殘跡；（四）在得出合適音位系統前，不偏不倚考慮一種語言的總特徵；（五）教學目的。除了第五點非本書的目的外，其他四點均符合本書的目的。對於小稱語音形式的多種變體來說，這些變體之間姑且不論具有什麼樣的關連性，但各種變體樣貌卻似乎「巧合」似的符合不同漢語方言小稱詞的音韻構詞類型，此則涉及了前兩個目的性；尤其在不同的小稱變體當中，可能還體現了一些音變的苗頭或殘跡，此則符合第三點目的；因此，在得出合適的音位系統之前，這些小稱變體也就成為桃園新屋海陸方言小稱詞一個總的特徵，此則符合第四點目的。也許我們換個角度想，語音或許不會有絕對的體現形式，語音本身也

一直處在變動不居的系統之中,「一字一音」也或許不是語言必定會走到的一個終結點,因為只要在系統內部允許的範圍之內,不管是屬於內部音變或外部疊加,同一字可以允許有不同的變體形式,在各類變體形式競爭未果的情形之下,進者,屬於此一系列的字詞均傾向於類同的變化,此則走向了王士元的詞彙擴散論(lexical diffusion)(Wang 1969, 1979、Wang & Lien 1993、王士元1982),在變化過程中,有些音變差距較小,有些音變差距則稍大些,這些現象尤其體現在混合方言的語音系統之中。

二、語體的選擇與自然語體的重要性

語體,包含正式訪談、朗讀、說故事、自然語體⋯⋯等。自然語體又包括在無預警的情境之下,發音人的話語以某話題所談論的內容。以訪談來說,大致可劃分為單字訪談(如,方言調查字表的訪談)、詞彙訪談、句子訪談、篇章主題訪談等等。本書語體上,兼顧詞彙訪談、句子訪談、說故事、自然語體等不同形式的語料採集,目的有三:(一)既然在平面觀察中得知此區域方言有不同形式的變體存在,那麼就儘量透過不同的「語體」來發掘可能的變體,而不以一種語體形式來定位語言,但基本上,各語體之間為比較的功用,並且避免不同語體現象放在同一平面進行分析,由此而可能得出不客觀的分析結果;(二)為免語體之間的混淆,在不同的語體之中,亦會先釐清各式變體在語體方面的出現環境是否有其分布上的限制;(三)田調往往不重視自然語體的採集(在某一方面來說,其實是較難採集到自然語體),殊不知在自然語體中可得

知語言的真實性。

　　自然語體有其重要性,但在採集方面或有其困難。短期的採集通常不容易採集到語言較真實的面貌,因為容易忽略一些可能存在的「陷阱」,這些「陷阱」也許會影響研究結果的判斷,可能的陷阱包括:(一)語誤(speech error),人在說話時,不免會有一些口誤的情形發生,語流中或「認可」少數的語誤,但在分析語言時仍應區別;(二)語碼轉換(code-switching),語言使用者或因說話的對象、場合、話題以及心理因素等等,在同一句或同一篇章中,有時以A言,有時又以B言,此常發生在語言使用者為雙聲帶或多聲帶的情形,而且發音人有能力察覺語言使用上的不同。在本書對於四海話的探討之中,以四縣、海陸二語的語碼轉換最為常見,因而語碼轉換的情形不能視為同一音系中的語言現象,尤其不能視之為「四海話」;(三)語流音變(sound change),我們在說話時,通常是一個音接著一個音連續說出來,形成語音的組合,也就是說形成長短不等,一段段的語流現象,語流內一連串的音緊密連接,發音部位或發音方法就隨著語流不斷的改變,常見的音變包括同化、異化、增音、減音、合音等。語流音變為自然語體中常見的現象,有些語音可以回復到原來的形式,有些則無法回復,基本上,在整理音系或分析語言時也要有所區別。

　　自然語體有其重要性,有些語言變體或只會出現在自然語體當中,故而本書會著重在真實語音或語法方面的分析,以兼顧不同的語音、語法形式可能帶來的音變意義或語言演變意義,且在歷史音韻的演變過程中,向來以「音位」為本,而每

位調查者或因考量點不同而選取不同的音值為音位，也因此容易忽略一些變體形式，殊不知這些變體形式即可能反映語言演變當中，其音變的苗頭、音變的過程性，或語言演變的某種趨勢，亦或反映語言的真實性。

第三節　語言調查的基本原則與步驟

田調，通常只能調查到「存在」的部分，但卻又無法調查到所有存在的部分，不過我們仍能透過田調略知一二，因而面對相同的活語料，或因田調的認知不同，結果也不同，也因而對田調結果的「識解」（construal）也會不同。進行田調之前，當然要能掌握住語言調查的基本原則，最好也要先觀察並瞭解當地的人文特色，而後依據研究主題慎選發音人，當然，採集的方法也是依研究主題而決定採集法。語言調查的基本原則與步驟，以下大致分為四點來談。

一、前置作業

前置作業包括：

（一）對語言學背景知識的瞭解

含括語音、音韻、構詞、句法特色、語言分析能力，尤其更應瞭解各種語音知識。

（二）記音能力的訓練

瞭解各種語音知識之後，便能訓練記音能力，尤其對於田調對象各種可能存在的音進行語音訓練，但切記，千萬不能從所學的記音符號而限制住田調對象各類語音的

採集。

（三）調查方法的掌握

在實際進行田調之前，必須要針對調查目的而考慮進行音類、音韻、構詞或句法系統的調查，方法上也要衡量、取捨量或質的調查，進而製作所需的調查表，或運用現有相關的調查表依需求修改成自己所需，如：方言調查字表、詞彙表、語法手冊，當然對發音人的時空背景、以及語體的選擇都要先掌握，也要考慮選取音值標音或音位標音。

二、觀察並瞭解當地的人文特色

觀察並瞭解當地的人文特色，這在遠距離且少數天數的田野調查來說，有其執行上的困難性，不過以臺灣南島語族的國際調查研究的成績來看，這部分的問題，在某種程度上仍可克服。

區域性的語言變遷總是與當地的人文發展密不可分，尤其牽涉到傳統村落當中，各姓氏聚落的分布與開發。例如，由一處地方「X屋」的命名，或許更可探知當地氏族的源流與勢力消長，以及體現在語言方面的變遷情形。地名當中姓氏加「屋」（客家聚落或客語人士命名）或「厝」（閩南人士命名）者，通常代表當地宗族聚落的分布或勢力範圍，如，桃園「新屋」鄉的由來和「范姜」姓氏有密切的關連，此姓氏也主導當地早期經濟、文化的開發。地名當中我們也常聽見：羅屋、葉屋、呂屋、徐屋、姜屋、彭屋……等等，這些姓氏在來臺祖時多半即定居於此。但這些所謂的地名，並不一定見於

文獻的記載，如：莊屋、黃屋……等，此或為小地名，亦或為當地人士對某一姓氏的稱呼，象徵著宗親家族的勢力範圍，以「黃屋」、「葉屋」來說，又存在不同宗的情形，來臺時即不同宗，亦或後期才由外地移居入此區域，而「葉屋」除了客語人士外，也存在著閩南人士村落聚居的勢力。亦即在區域之中的居民，往往具有兩種類型，一為當地土生土長，此從相關文獻或發音人的告知可得，另一則為後來移民，此一般從發音人的告知可得。不同姓氏族群的聚集地在開墾之初較容易保有各自的語言特色，而這些特色卻會隨著住居地跨「屋」界而變遷，在時間與地理空間的變動之下，加之人際之間互動的頻繁，屋與屋之間、人與人之間不再陌生，語言文化或逐漸趨同。

三、發音人的選取

發音人的選取，通常我們以世居當地並以所調查對象為母語且流利者為主，在地理分布方面以不集中於某一村落為原則，姓氏分布方面含當地的大姓家族；另外亦採取隨選性的方法來選擇發音人，然後再淘汰語音上不夠明確的，亦或調查本身的話語非屬所調查語者，為的是避免音系上的定位（但應註記來源腔以供參考），同時我們可以從異質成分中發現少數族群可能帶來的影響；又，若區域方言複雜，除了世居當地者的語言之外，應參考非世居者的語言，但仍應以所調查語言為母語或流利者為主，這樣才能瞭解語言變遷的可能趨勢。

在隨選性的調查中，發音人的語言視其母語或流利語為主（不限於一種），其背景達以下的分布：（一）村的分布，

| 語言變體　與區域方言

避免過於集中一、兩村；（二）母語的分布，含世居者的母語（比例方面占較多）或非母語；非世居者，兼顧母語與所調查語相同者，以及其他腔人士；（三）姓氏的分布，含括當地的大姓（包括主導經濟層面的大姓與族群人數眾多的大姓），因為大姓或成一聚落地或較遍布於各村，此或具有主導當地語言文化產生變遷的力量；（四）年齡的分布，以主導當地語言流變的中、長年者為主，青年層為輔。[4]

以上，本書看似有多位的發音人，但在音系的呈現或問題的討論方面仍集中在兩、三位發音人，此兩、三位發音人將從不同發音人的地理背景中選取較合適者，其他發音人的語料可供比對參考，遇特殊情形則另外說明，從而歸納區域語言特色及其語言變遷。

四、調查階段——採集法

田調時或因研究目的與研究對象的不同而選取不同的採集方式，傳統音韻的做法常藉《方言調查字表》來整理音系，[5]並比較音韻系統，含共時層面的方言比較與中古音到現代音的演變比較，加之詞彙調查，大致可歸納出方言音系與詞彙系統的面貌。

田野採集的方法常隨著調查目的為音韻、構詞或句法系統而有不同調查表的設計，甚至針對社會語言學量的採集而設計不同的問卷表。本書研究的對象以「變體」為主，雖然「變體」的研究常牽涉到社會語言學量的採集，不過本書並沒有

---

[4] 青、中、長年層的年齡界定在21-40、41-60、61-90。
[5] 此部分筆者以造詞法列入詞彙表中詢問，以為歷時音韻變遷的參考。

第二章
語言調查與音位標音的問題

走向以不同的社會因素來做「量」方面的採集工作，原因有以下：首先是年齡層的問題，因研究地區的語言現象在初步的理解之下，多由中、長年者主導，青、少年會說流利客語者已不多，或說的不道地，甚至面臨斷層的危機；再來，研究區域的社會階層並不明顯（以臺灣來說，此為普遍的現象），且調查的語體環境也相近，人與人之間的交際、互動密切；進者，本書想從「質」的角度探討區域方言的語言特色。故而本書在「量」方面的採集包含「字詞」的量，甚至包含同一字詞前後不同時間採集的量（基本上語境為相似的），避免只是一人一字一音，此外，還包括數位發音人加起來的量，也避免只是一人或少數人成為區域方言的代表。[6]雖然青、少年在研究區域中非語言發展的主導者，但發音人的選取亦兼顧年齡層的問題，只是青年人的人數在比例上，不如中、長年者。

鑒於語音的變體可能隨語體而有所不同，因此，本書的田調方法採多元角度，含詞彙詢問，並佐請發音人造句，或故事採集，同時兼顧因語體因素而可能造成的變異。另，筆者自行設計45句句子，內含海陸腔語法與不同小稱詞的韻尾形式，包含小稱詞在句中出現位置的設計，本書「語法」形式的調查屬「障眼法」的運用，主要焦點在求詞素的各式韻母與小稱詞之間各種可能的構詞音韻變化，發音人從表中並不會知道筆者詢問的目的，故而可採集到自然情形之下小稱的語音形式。

調查進行到最後一個步驟為分析整理階段，包含對調查的語言進行語音描述、語音歸併，最重要的則是對各種語言現象進行詮釋。

---

[6] 本書在某一方面來說，仍兼顧不同發音人的語料呈現。

本書語料來源有：（一）主要來源以2008年博士論文為基礎擴大語料，語料蒐集持續至今，主要有詞彙表與小稱句的詢問，以及自然語料的採集（含故事）；（二）2005年「整理客話山歌歌詞及民間故事收集編纂」、2006年「整理桃園地區客家民間故事及令仔收集編纂」研究計畫的田野調查資料；另外輔佐印證之語料有：（三）2005-2007年客語認證四縣話語料（四縣腔為主，約數百人）；（四）廣播電臺客語節目的訪談紀錄（四縣腔，約150集）。

第四節　音位與非音位間的格局

本書區域方言的音系特色在於變體的繁複性。[7]對於變體的形成與來源，以及是否與歷時音韻的演變有所關連，都是我們在往後的章節中所要討論的，包含解釋特殊音韻特色的形成與演變。本節先從臺灣四縣客語與海陸客語的接觸之下，[8]所產生的方言變體競爭與混同來看音位與非音位間的中立化（neutralization）問題。

一、塞擦、擦音聲母的流變

古音來歷為知三、章兩組的聲母，表現在苗栗四縣主要為ts-、tsʰ-、s-，表現在新竹海陸則主要為tʃ-、tʃʰ-、ʃ-。當原先分立的兩組聲母在共時平面相互接觸感染後，ts-、tsʰ-、s-（以A稱）與tʃ-、tʃʰ-、ʃ-（以B稱）容易成無定分音。然而，

---

[7] 當然，每種語言或多或少都會產生具辨義作用的細微語音變化，本書非針對這部分而討論。
[8] 有關四縣與海陸客語的接觸演變探討，見後文有關臺灣的四海話一章。

這兩組聲母在拼合的韻母當中，苗栗四縣與新竹海陸對應上具差異的韻母分別為-i、-im、-in、-ip、-it（以C稱）與-i、-im、-in、-ip、-it（以D稱）。原先不同方言的聲韻組合：A＋C與B＋D，在共時平面接觸感染後，成分之間呈現重新分配而導致不同組合的可能性，如：A＋C、A＋D、B＋D、B＋C，甚至出現i與i之間的過渡音，因而i與i在此環境之下可中立化成i。新屋四縣與海陸在古音來歷為知三、章兩組聲母的演變逐漸趨同，趨同的動力則來自於兩股力量，一為接觸干擾的力量，新屋地區以海陸為大宗，當地四縣在海陸的干擾之下，傾向於與海陸趨同；二為內部音變的力量，基本上，客語-i、-im、-in、-ip、-it 等韻母與tʃ-、tʃʰ-、ʃ-等聲母拼合時，因聲母的捲舌成份較重，使得韻母的主要元音較易偏於齊齒韻的前高元音。由於前述兩股力量的交互作用（接觸力量為主、音變力量為輔），四縣向海陸靠攏為主要，亦即以B＋D的組合類型為主流。

二、i介音的流變

　　i介音的流變主要牽涉到舌根塞音聲母、四縣零聲母的齊齒韻，以及海陸部分的舌葉音聲母。

　　舌根塞音聲母k-、kʰ-在拼-e、-eu、-em、-ep 四韻時，[e]、[eu]、[em]、[ep]分別與[ie]、[ieu]、[iem]、[iep]成混讀變體，因舌根音在拼前高元音e時，在前高元音之前往往會產生過渡音[i]，又，從另一角度來看，e本身也容易元音分裂成ie，因此，本書音位化成e、eu、em、ep。例：雞[ke¹]～[kie¹]、狗[keu³]～[kieu³]、揜[kʰem²]～[kʰiem²]、激[kep⁸]～[kiep⁸]。

　　四縣零聲母的齊齒韻，一方面具有零聲母的強化作用而

成z-或ʒ-，但另一方面又受海陸對應的ʒ-聲母而趨同，使得原有的i介音可能產生兩種情形，一為受外來成分的ʒ-而強化，或成過渡音z-，另一為i介音仍保留在強化聲母之後。如：雲[ʒun²]～[zun²]～[ʒiun²]～[ziun²]等不同的變體形式，基本上，屬於這一系列的詞，多數均容易產生類似不穩定的變體情形。另外，當地海陸腔少數詞亦有類似的變體現象，如「腰」[iau¹]～[ʒiau¹]（腎），甚至無強化聲母的產生，如「枵」[iau¹]（餓）（此詞為借詞，受鄰近的閩南語影響而來），但整體來看，不如四縣具系統性的變化。

　　四海話i韻與tʃ-、tʃʰ-、ʃ-等聲母拼合時，因聲母的捲舌成份較重，使得韻母主要元音較偏於齊齒韻的前高元音，部分字會-i-、-ɨ-混讀，又-i-、-ɨ-在上述條件之下，音位上趨於選取-i-為音位，因此，本書在音位的描述上將之中立化成-i-。又上一小節塞擦、擦音聲母的流變，也含i介音的流變。

　　另外，海陸部分的舌葉音聲母，在古音來歷為流攝尤韻開口三等字群的韻母來說，新屋海陸唸-u或-iu自由變體，與新竹海陸較同質性的-iu不同，卻與新屋四縣的-u具有合流的趨勢。新屋海陸腔為當地的強勢腔，從對應原則來看，在許多變體類型的變化之中，多為四縣向海陸靠攏，但其中一、兩類變體變化的方向卻相反，似乎為海陸向四縣靠攏，四縣雖在某一程度上也具有影響力的可能，但推測這少數類變體相反方向的對應變化，為內、外的相互作用力，不過，內部音理的變化強於外部接觸的變化，因而四縣不趨同於海陸，而海陸的iu當中的i介音也逐漸消失當中，如「手」[ʃiu²⁴]→[ʃu²⁴]、「臭」[tʃʰiu¹¹]→[tʃʰu¹¹]。

三、ŋ-/ȵ-、ian/ien、iat/iet的語音現象

客語ŋ-和齊齒呼韻母相拼時，四縣客語的音值近於ȵ-，事實上ŋ-和ȵ-幾成互補分配，從音位的觀點上ŋ-、ȵ-可以歸為同一聲母，故可以ŋ為音位符號。相對的，/ian、iat/在北部四縣客語的音值為[ien、iet]（海陸客語無此音值的存在），但南部四縣客語在某些條件之下，其音值為[ian、iat]，為了南、北四縣客語音值上的不同，以及北四縣客語與海陸客語的不同，因而為照顧方言差異、音值和語料上對應的方便，在此仍以ien、iet作為音位符號。

四、三身代詞的語音現象

客語各次方言內部系統中，三身代詞的調類易趨於一致。苗栗四縣與新竹海陸「偓、你」與「佢」的聲調均趨同成陽平，但新屋海陸卻呈現「逆流」而非「順流」的現象。臺灣客語海陸腔第一人稱的走向，一般唸成與新竹海陸相同的陽平調[ŋai55]，但新屋海陸客語多數卻唸成上聲調[ŋai24]，甚至有少數特定族群唸成陰平調的[ŋoi53]，與新竹、新屋的第二、三人稱唸陽平調不同。[9]

另外，客語三身人稱領格的語音現象，苗栗四縣分別為：ŋa24、ŋia24、kia24；新竹海陸分別為：ŋai55、ŋia55、kia55。但第一人稱領格的語音現象，新屋四縣與新屋海陸卻呈現不協調的變化，三身領格分別為四縣：ŋa24/ŋai24、ŋia24、kia24與海陸：ŋai24/55、ŋa24/55、ŋia55、kia55。因這部分一來牽涉到客語人稱的歷時源流，二來牽涉到漢語方言與非漢語方言之間相關的語言現

---

❾對於第一人稱音韻與聲調的來源，參見第三章第四節的分析。

象,三來也牽涉到人稱領格的形成與小稱音變的關連,故而此問題擬於探討人稱領格一章時,分析並解釋。

五、小稱音變的不協調性

新屋四縣客語與苗栗四縣客語的小稱音變,較具一致性,均有共通的連音同化規律,原則上,小稱詞的聲母易受前一詞根之韻尾而產生同化或連音變化,如下所示:

(7)

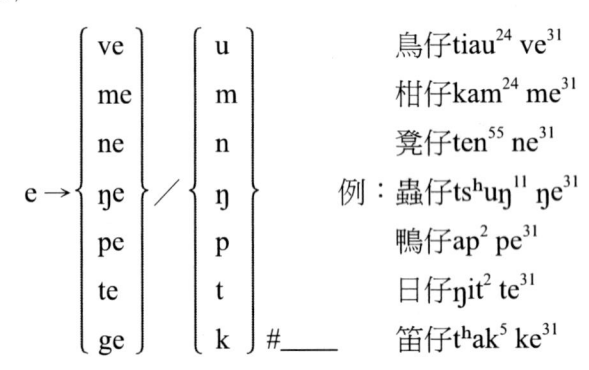

$$e \rightarrow \begin{Bmatrix} ve \\ me \\ ne \\ \eta e \\ pe \\ te \\ ge \end{Bmatrix} / \begin{Bmatrix} u \\ m \\ n \\ \eta \\ p \\ t \\ k \end{Bmatrix} \#\_\_\_\_$$

例:鳥仔tiau^{24} ve^{31}
　　柑仔kam^{24} me^{31}
　　凳仔ten^{55} ne^{31}
　　蟲仔tsʰuŋ^{11} ŋe^{31}
　　鴨仔ap^{2} pe^{31}
　　日仔ŋit^{2} te^{31}
　　笛仔tʰak^{5} ke^{31}

實際上,入聲韻尾後的「仔」音,因與前字詞根連結緊密,其聲母在前後環境影響之下,容易弱化成濁音聲母,但舌尖入聲尾-t則容易轉換成相同部位又較塞音較易發音的舌尖邊音聲母,其演變如下:

(8)

$$e \rightarrow \begin{Bmatrix} be \\ le \\ ge \end{Bmatrix} / \begin{Bmatrix} p \\ t \\ k \end{Bmatrix} \#\_\_\_\_$$

例:鴨仔ap^{2} be^{31}
　　日仔ŋit^{2} le^{31}
　　笛仔tʰak^{5} ge^{31}

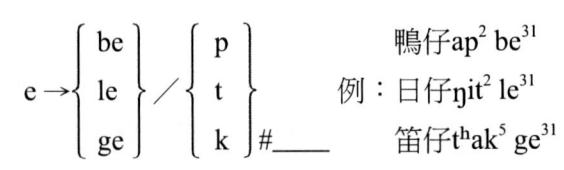

新屋海陸客語的小稱音變，相較於其他客語次方言較為特殊，但卻類同於某些漢語方言的小稱類型。類型有：（一）疊韻，重複最末詞根的韻基，以疊韻方式構成詞幹的後加成分，含自成音節的鼻、邊音；（二）小稱變調，含升調、高調、促化式（中塞式）、舒化式（特高升調）、元音延展；（三）單音節後綴式（如：ə、e）。因小稱的語音形式複雜，且小稱音變牽涉到語法與音韻的介面，故而引發相當多的問題，例如，小稱詞與詞根節縮成單音節後，引發變調並傾向於與基本調同模，對此，我們應如何辨別它可能與基本調形成調位或音位中立化的問題？而這又是一個極待考證的歷史音變問題。相關語料因具繁複性，故而我們在探究小稱高調一章時，再來呈現較為系統性的語料。

　　新屋海陸與四縣客語各自具有不同類型的小稱變體，基本上，兩種方言小稱的音變格局跳脫整體聲、韻、調或詞彙語法的變體模式，尤其是新屋海陸腔小稱詞與臺灣海陸客語的新竹通行腔，兩地小稱詞具有不同的音變行為與方向。不論從區域方言之間音系的對應關係，或鄰近相同音系的比較關係，種種都顯示新屋海陸客語小稱音變的不協調性與特殊性。

第五節　結語

　　基於趙元任（1934(2002)）在〈音位標音法的多能性〉結語所論：「任何人的標音，只要本身一貫，能夠在原定的範圍裡做出清楚的解釋，不自稱唯一正確而排斥其他可能的處理，都不必嚴加反對。用法總有一天會統一，問題則始終在變。我

語言變體 與區域方言

們的座右銘必須是：寫吧，放手去寫！」讓我起了一股不同於以往田調與標音的做法，不以「規範式」（normative）的方法來採集語料，也不以「規範式」的原則當作處理語音的唯一選擇，前者關連到自然語體的採集，後者則關連到語音性或音位性的處理方式。既然「問題始終在變」，而本書所要研究的問題則是區域方言處在變動之下的「變體」（variants），共時層面反映出的疊置式（layering）變體是否有可能與歷時的語言層（stratum）產生關連？這將是本書研究的問題點。

第三章
從新屋的開發與多方言來源
看語言文化的變遷

本章從多方言現象看桃園新屋地區的語言文化變遷，含從三個面向的探討來看區域方言的特色：（一）第一人稱聲調的走向；（二）從中古流攝尤韻開口三等字群的韻母走向；（三）小稱詞（仔綴詞）的語音特點。我們發現桃園新屋海陸客語的語言特色是由不同時、空層次的交替，不同方言之間的變化與競爭，從而形成共時的語言變體，同時，家族源流與勢力的消長，以及聚落活動範圍的變遷，也造就了新屋地區的語言特色，含括新屋的開發與語言文化變遷的關連。[1]本章除前言、結語外，另含三節：第二節：新屋地區的多方言現象；第三節：新屋家族的源流與勢力的消長；第四節：從多方言現象看新屋的語言文化變遷。

第一節　前言

桃園新屋地區的客語特色在哪？以具有多方言現象的新屋地區來說，其語言特色常與新屋的開發、家族勢力的消長有密切的關連，從而造成語言文化的變遷。

---

[1] 本文初稿發表於2007年「桃園客家開發與史蹟文化研討會」。桃園縣平鎮市社教文化中心。本文感謝評論人劉醇鑫老師提供的寶貴意見，論文如有疏漏之處應由本人負責。後修正收錄於《客家墾殖開發與信仰論輯》。桃園縣社會教育協進會出版，2010年，頁91-110。

語言變體 與區域方言

　　新屋地區的語言向以「海陸腔」為大宗，但又不乏其他方言的存在，加之新屋四周地區的語言環境，更加突顯此區語言的複雜性。為什麼會有複雜的方言存在？其來源、特色的形成與新屋的開發、家族的勢力範圍呈現什麼樣的互動關係？而當地海陸、四縣腔分別與新竹海陸、苗栗四縣腔相較的話，又有何特色？此外，形成新屋地區語言特色的因素之中，方言之間的接觸變化具有多大的影響力量，而歷史源流的差異又造成多大的變遷？因此，本章主要的目的在於釐清新屋的開發與語言文化的變遷其實是密不可分的，尤其牽涉到各姓氏聚落的分布與開發，文末並指出新屋地區的方言特色。

第二節　新屋地區的多方言現象

　　桃園縣沿海四鄉中的新屋鄉位於桃園縣南部。新屋鄉南鄰新竹之新豐、湖口二鄉；東南為楊梅鎮；東北為中壢市；北鄰觀音鄉。本鄉面積約八五・○二平方公里，南北最長約十公里；東西長達約十七公里。

　　桃園新屋客語的語言劃分向來是歸屬於「海陸腔」。事實上，此區的語言種類繁多，海陸客語雖為大宗，但四縣客語（或曰四海話）為數亦不少，多數居民具有雙方言以上的能力，閩南語則以沿海村落居多。

　　新屋鄉除了海陸、四縣之外，亦有其他的客語次方言，如：槺村的長樂話（洪惟仁1992：165-169，張屏生2003）、犁頭洲的饒平話（徐貴榮2002），呂屋的豐順話（賴文英2004a），以及零散的永定話（徐建芳提供）、揭陽話等等。

第三章
從新屋的開發與多方言來源看語言文化的變遷

另有大牛欄（大牛椆）的偏漳腔與蚵殼港特殊的泉州腔（洪惟仁1992：73-80），以及水流羅姓的軍話。（楊名龍2005）鄰近地區的語言如：觀音鄉藍埔金湖高姓的豐順話、中壢三庄屋秀篆邱姓的詔安話（吳中杰1999），楊梅鎮、平鎮市的四海話（鄧盛有2000），湖口鄉（屬新竹縣）的四縣與海陸話，新豐鄉（屬新竹縣）的海陸話等，由此可見新屋地區及其四周語言環境的複雜性。

　　因此，有關新屋語言歷史來源的認定，一般都說新屋海陸客語的來源以廣東海豐、陸豐二縣為主，因此就忽略了其他方言對海陸話可能造成的影響。此外，不少當地人也不認為新屋海陸話是「正」海陸，其中原因大概就是因為此區語言的複雜性而使得語言產生某種程度的變化。因此，勢力較強的語言在時間的推移下勢必會逐漸吞併勢力較弱的語言，在語言生態發展的競爭法則來看，這是正常的；相對的，勢力較強的語言也會在無形當中受到其他語言的影響而產生變遷。

　　新屋鄉的多方言當中，大牛欄雖歸為偏漳腔的閩南話，但環處客家區，因閩、客接觸而產生語音、詞彙方面的變化，以及語言轉移的現象。如，洪惟仁（1992、2003b）指出大牛欄方言在複雜的語言接觸之下，使它吸收了很多潮州腔閩南語和海豐客家話的語言成分，作者並根據社會方言學來調查資料，考察此方言亦受到臺灣閩南語優勢腔的影響而正在進行變化；另，張屏生（2001）、陳淑娟（2002）在探討新屋大牛欄（大牛椆，永興村）的語言特色時，分別從雙方言現象與社會語言學的訪談問卷量化的角度來分析，陳亦指出大牛欄現因方言接觸而產生的音變現象，主要是來自於臺灣閩南語優勢腔的

47

影響,且部分族群的語言逐漸轉移成以客語為主要語言。賴文英(2003b、2004a,b、2005a,b、2007a,b,c、2008b,c、2009、2010b,c、2012a,b)一系列有關新屋海陸、四縣、豐順等客語次方言接觸研究,指出此區的方言在時間與地理空間的推移之下,方言間傾向於趨同但又各自保有特色,研究中也說明海陸雖是當地的強勢腔,但也不可忽略四縣腔的影響力量,以及豐順腔小型區域方言或其他方言可能帶來的隱形影響力量。楊名龍(2005)亦從雙方言現象來探討新屋水流軍話與海陸客話的接觸影響,此更加豐富了新屋地區的多方言特色。

對於新屋地區的客語特色在哪?以具有多方言現象的地區來說,其形成的特色與語言的消長、家族的興衰有關,從而造成語言文化產生變遷。

第三節　新屋家族的源流與勢力的消長

新屋家族的源流,首先就是新屋鄉名的由來,新屋鄉名的由來又與當地的范姜家族大有關連。鄉名起源於現位於全鄉東區的行政中心地——新屋,新屋鄉是海豐客家人很多的地區,乾隆年間由一范姜家族海豐人士來此開墾,並用顯著的紅色磚瓦建一新的房屋,因而村民稱其房子為「新起屋」,久之此地就以「新起屋」為莊名,簡稱「新屋」,這座「新起屋」現稱「范姜古屋」。[2]《臺灣鄉土續誌》(1999:197-198)提及了客家人士入墾新屋的相關記載:

---

[2] 參考《桃園文獻》第二輯(1994:169-177)。林衡道《鯤島探源(一)》(1996:141-144)。

第三章
從新屋的開發與多方言來源看語言文化的變遷

客家人的入墾,大約是在雍正年間及其以後的事,到了乾隆年間而漸盛。一直到嘉慶、道光年間,還有不少的客家人陸續不斷地入墾定居。他們的原籍大多來自惠州府屬的陸豐、海豐,潮州府屬的豐順及嘉應州屬的蕉嶺等縣。其姓氏計有徐、范、曾、呂、黃等各姓人士。

以地名來看,地名當中姓氏加「屋」者,通常代表當地的勢力範圍,如:范姜(亦即「新屋」)、羅屋、葉屋、呂屋、徐屋、姜屋、彭屋……等等,這些在來臺祖時多半即定居在此。但這些所謂的「地名」並不一定見於文獻的記載,如:彭屋、姜屋……等,或為小小的地名,亦或為當地人士對某一家族的稱呼,象徵著某種的勢力範圍。這些姓氏的原籍來源以惠州府屬的陸豐、海豐為多,但不見得就以海陸腔為語言。例如「大牛欄」方言島的人口只有二千餘人,有葉、姜、黃、羅等姓,但以葉姓居多,居新屋鄉的永興村、下埔村,據葉氏族譜所載,葉姓祖籍惠州陸豐縣寮仔前鄉,清乾隆三年移民臺灣桃園新屋,而這是唯一僅存的來自廣東的閩南語方言。(洪惟仁2003b)當然,當地葉姓亦有從廣東來的海陸客語,但佔少數,分布也較為散居,二者同為葉姓但不同宗,其他的姓氏亦有相同的分布情形。黃、羅姓分別是當地大姓之一,但兩姓人士隨著時間與地理空間的變動,除了遍落在各村的海陸人士之外,也有不少為外地遷入的四縣客。

臺灣早期地名的命名方式,帶有自然、地理、動物、歷史、民情、風俗習慣以及文化背景等特色。所以舊有地名的存

語言變體 與區域方言

在可說是歷史的代言者,再加上舊時地名的命名邏輯,通常很隨性,淺顯易懂也不複雜,純粹反映當地的自然、人文現象,由一處地方「X屋」的命名,或許更可探知當地氏族的源流與勢力消長。例如,以歷史移民源流來命名的,它可能隨著勢力範圍的不同、移民勢力的先後、強弱等因素而有不同的命名。以當地與人士有關地名的命名來說,大致有四種情形:

(一)當地土著──主要指原住地居民的平埔族。例如:番婆坟、社子、石牌嶺等。透過田調的發現以及相關文獻的記載,其命名原由均與平埔族有關。如「石牌」的命名來由是為了永遠杜絕漢人與番人之間的爭鬥,地方官在民番的交界處立下石牌,因而舊稱「石牌嶺」。[3]而今語言不復存在。

(二)大陸移民──如前述鄉名「新屋」之由來。又如「十五間」是因乾隆初有客籍人士來臺開墾,建茅屋十五間於此,因此得名,此區以彭姓人士居多。類似地名的由來,均與大陸地區移民來臺後形成之聚落特色有關,此亦為地名命名的特色之一。

(三)姓氏聚落,當地有以「羅屋」、「葉屋」、「曾屋」、「游屋」、「呂屋」等來命名的,表示在當地的聚落主要是由某一姓氏所聚集。另外,文獻中有些「屋」是以「厝」來命名的,則代表著開墾或命名之初與閩南人有關。

(四)地方權勢──如「甲頭屋」,此地原是姜勝本號之初居地,因范姜一族,人多勢強,故當地人稱其為「甲

---

[3] 參考安倍明義(1992:48,127)。

第三章
從新屋的開發與多方言來源看語言文化的變遷

頭」,代表在地方勢力大、權力大,莊名乃以此稱之。

在地名當中,我們約可見到其中所隱藏的閩南人歷史背景,如,客家人稱房子為「屋」,閩人稱之為「厝」。文獻中的地名如果稱「厝」而不稱「屋」,其實可能有兩層含意,一表當初建立開墾者為閩南人,如「崁頭厝」,其開墾者以閩人為主,故稱厝;二表當初文獻整理者為閩人,即使當地為客家人所開墾建業的,亦將其地名以「厝」記之,如「呂厝」。故探討地名與閩南人的歷史關係時,還需考慮到其他文獻的相關記載以及當地的開發歷史等等。另,從地名當中,也可見其隱藏大陸移民來臺的歷史,如,有些聚落地名的形成,往往和早期移民至此所呈現的文化現象有關,在移民開墾之初,為謀求生存,事事都很艱辛,故聚落之內的居民多為同宗族姓氏,以呈現出團結、勢力範圍的表徵,如:「十五間」、「羅屋」、「呂屋」……。

「呂屋」是位在埔頂、社子之呂姓人家,為此兩村之大姓,其祖先多屬同一「公廳」,[4]在當地並有以「呂屋」來泛稱呂姓族群早年聚居之地,故在埔頂有一聚落稱之「呂屋」,在社子亦有聚落「呂屋」之稱。據「呂屋」人士說明,他們的原籍大多來自廣東省豐順縣,祖先自移臺至新屋後,成為世居當地之人。早期「呂屋」都是矮房,而被當地其他人以「矮寮」地名稱之,之後又因開設了一家銀店,在舊時期能有一家銀店是很了不起的,因而成為當地的地標,故而又有「銀店」之稱呼。當然現今「矮寮」不見了,「銀店」也非當地特有之地標了,地名改以「埔頂」或「社子」指稱,但當地人仍普遍

---

❹ 客話「公廳」,指宗族共有的廳堂。

以「呂屋」來泛稱呂姓人士的聚落地,而「銀店」、「矮寮」只殘留在當地長者的口語之中。

上述,我們可看到各族群各據一方,而各族群使用的語言大抵相同,但亦有使用不同的語言,如「呂屋」為豐順客話、「大牛欄」為閩南語區;亦或同中有異,如部分的「羅屋」、「彭屋」、「范屋」人士(可能來臺時為不同宗),其大部分語音均和當地海陸腔相同,但第一人稱「我」音[ŋoi^{53}]陰平,與當地海陸腔的第一人稱[ŋai^{24}]上聲不同,而當地海陸腔的第一人稱又與新竹海陸腔[ŋai^{55}]陽平不同。可見各姓之間的語言來源有兩種情形:一為來源雖同,但語言在長期的變遷之下使得各族群來臺祖的語言即已產生差異,後在新屋長期紮根的開發之下,各語言又逐漸趨同;二為來源不同,但在來臺祖久居新屋後,各族群的語言在趨同中仍可見其保守性。

第四節　從多方言現象看新屋的語言文化變遷

新屋的多方言在受到大宗海陸腔強弱不等的影響之下也都各具特色,如:豐順聲調近於海陸腔化,大牛欄的語言部分逐漸轉移成客家話,四縣受到海陸聲韻與詞彙的影響而成四海話。而桃園新屋的海陸客語具有在臺灣客語中少見的語言現象,以下從三特點來介紹。[5]

一、第一人稱聲調的走向

新屋海陸客語「𠊎」唸上聲[ŋai^{24}],甚至有少數特定族群唸陰平[ŋoi^{53}],與第二、三人稱唸陽平不同,也與新竹海陸唸

---

[5] 苗栗四縣與新竹海陸的語料參考來源:羅肇錦(1990)、范文芳(1996)。

陽平[ŋai⁵⁵]不同。李榮（1980(1985：100-102)）從不同的方言考證「代詞讀音互相感染」的現象，而使得人稱代詞的調類易趨於一致。若如此，苗栗四縣與新竹海陸「偓、你」與「佢」的聲調趨同，但新屋海陸卻呈現「逆流」而非「順流」的現象。比較如下：

(1) 客語人稱代詞比較

人稱－中古音	四縣	新竹海陸	新屋海陸	新屋豐順
偓（我）－次濁上	ŋai¹¹（陽平）	ŋai⁵⁵（陽平）	ŋai²⁴（上聲）ŋoi⁵³（陰平）	ŋai²⁴（？）
我－次濁上-文讀	ŋo²⁴（陰平）	ŋo⁵³（陰平）	ŋo⁵³（陰平）	ŋo⁵³（陰平）
你－次濁上	ŋi¹¹（陽平）	ŋi⁵⁵（陽平）	ŋi⁵⁵（陽平）	ŋi⁵⁵（陽平）
佢（他）－全濁平	ki¹¹（陽平）	ki⁵⁵（陽平）	ki⁵⁵（陽平）	ki⁵⁵（陽平）

「偓」為「我」的俗字，屬於客家話的特殊詞，推測此字應是依客語的音造出的。李如龍、張雙慶（1992：514）有關「偓」的解釋：「**客家各點都說ŋai²、ŋai¹或ŋa²，俗寫為偓，實際上本字是我，歌韻字少數保留古讀ai，尚有大讀tai⁵，可作旁證。**」「我」在字形上，會隨著方言的差異而產生變化，客語在書寫上於是以其他字形來替代，也就推動了「造字」並成為「音轉」之方言字，此種音轉便體現在字形和字音上，由此造成了「偓」、「我」逐漸分工。

53

語言變體 與區域方言

先看上表豐順第一人稱的問題，調值「24」非歸豐順話的基本調類，此種聲調現象，究竟是詞彙擴散的殘餘現象？還是方言接觸影響所導致的？亦或其他因素產生的？照常理，第一人稱是基本核心的詞彙，若各次方言聲調大都變了，當地弱勢豐順的第一人稱就不太可能是詞彙擴散殘存的現象（原鄉豐順客語的三人稱則均為陽平），那麼，對此非正常聲調的現象我們又該做何解釋呢？「佢」字聲調演變符合客語常態，「你、我」按中古音的演變，在客語中非讀上聲即陰平，或讀成去聲，少有陽平。李榮（1980(1985：100-102)）從不同的方言考證出「代詞讀音互相感染」的現象，而使得人稱代詞的調類易趨於一致。若為如此，四縣「𠊎、你」反與「佢」的聲調趨同（多數向少數靠攏），又，新屋海陸及豐順的「𠊎」照理會與「你、佢」的聲調趨同才是，但卻沒有，且豐順的「𠊎」反而自成一聲，唯一可能的解釋是，代詞的讀音容易相互感染，除了來自於自家方言的代詞外，也容易受其他方言代詞的感染。

至於新屋海陸第一人稱的走向，相較於新竹海陸、苗栗四縣二通行腔，有其獨特的風格，同時也很難說明其源流，故而我們先從客語人稱的來源來探討。客語的人稱來源可能牽涉到西南少數民族的人稱用法，我們發現藏緬語族的景頗語、白語、獨龍語、哈尼語、珞巴族語、怒語、羌語、基諾語、拉薩語、彝語、土家語……等等，其第一人稱有ŋo、ŋa、ŋai……等與客語相同或近似的說法（《中國少數民族語言》1987），除了人稱代詞外，人稱領格在構詞形態也相似，甚至連語音形態都類同。[6]例如，景頗語人稱代詞「我、你、他」的語音分別

---

[6] 羅肇錦（2006b）於這方面有詳細的論證，同時提出五點特色：(1)人稱調類相同；(2)人稱代詞語音接近；(3)領格有格變而且轉調；(4)人稱複數加詞尾；(5)人稱複數除加尾綴外，形態也改變。

為：「ŋai˧、naŋ˧、kji˧」；人稱領格「我的、你的、他的」的語音分別為：「ŋie²˥、na²˥、kji²˥」。（劉璐1984）對照到客語人稱分別如上表所示，對照到人稱領格分別為：ŋa、ŋia、kia，聲調除了新屋地區的第一人稱外，臺灣客語強勢腔的調類都相同。這樣一組的對應關係實在是太令人驚奇，這應該不是偶然的巧合。因此，對於新屋海陸客語第一人稱的走向，本章擬分三方面來推測：

（一）ŋo陰平的來源

有兩種推論，一在原鄉時即受周遭少數民族語言的影響而產生，上述提及很多少數民族的第一人稱不少為ŋo，且與ŋa、ŋai具有同源關係，而客語鼻音聲母字少數讀為陰平，反映了較早的層次；二為從中古漢語次濁上疑母字演變而來的，客語此類字少數整齊的白讀為陰平、文讀為上聲，但文讀的ŋo卻讀成陰平，較有可能反映出不同的層次。

（二）ŋai的來源

亦有兩種推論，一為在原鄉時即受周遭少數民族語言的影響而產生，如，景頗語無論在人稱代詞或人稱領格的形態及語音都非常相像；二為如同李如龍、張雙慶（1992）所說的，第一人稱保留古讀韻-ai，只是此較難解釋為何客語的人稱及其領格與西南少數民族具有這麼大的雷同性？或者漢語與部分的西南少數民族語的人稱亦具有同源關係，並由較古的ŋai元音高化成ŋoi，但只分布在特定的姓氏之中，並非全面性的擴散變化，接下來ŋoi丟失韻尾成較晚期的ŋo，並與漢語系統的文讀音演變合流。方言變體間的演變關係可能有兩種方向：ŋai→ŋa→ŋo與ŋai→ŋoi→ŋo，演變時因方言選取的焦點不同而造成今之方言差異。

（三）人稱聲調的來源

亦有兩種推論，一為在原鄉時即受周遭少數民族語言的影響而產生，少數民族語當中，人稱調值的表現多數三者相同，而新屋海陸客語第一人稱的不同應為後來的變化，即：陽平→上聲。以語流來說，高平變為同為高調的升調這是有可能的，尤其在人稱方面，並形成新屋地區的特色（新屋亦有部分人士會讀成高平的陽平調）。[7]另，陰平的來源則是循客語少數字群讀陰平的規律而行，此反映較早的層次；二為如同李榮（1980(1985)）的考證：「代詞讀音互相感染」的結果，此造成一般的四縣客語與海陸客語在人稱調類上相同，而新屋海陸客語第一人稱上聲的讀法則循中古漢語次濁上歸上的規律運行，只是此較難解釋它為何不依客語人稱聲調的「普遍規律」而行，反而自成一格，較有可能是後來的變化而非存古。另，陰平的讀法則是循客語少數字群讀陰平的規律而行，此應反映較早的層次才是，但第一人稱的陰平卻反而普遍認為是個「文讀音」，第一人稱的說法較有可能反映了多種層次於其中，ŋai存古已久，ŋo對客語內部系統來說是稍晚的，但從漢語體系的演變發展來說又是較早的現象。

從上述的推論過程中，顯示客語人稱的聲調與聲韻可能呈現了不同調的走向，一方面走漢語的體系，另一方面則走西南少數民族的體系，且客語在不同的次方言之中各自選取了不同的規律在運行著。我們實難確切的劃分出界線，說客語的人稱一定是屬於漢語體系，或一定是屬於非漢語體系。只能說在語言當中，人稱的變化是最頑固的，雖屬於基礎詞彙，但卻也容易產生變化。

---

❼ 這部分特色不排除在原鄉也具有相同的變化。

二、從中古流攝尤韻開口三等字群的韻母走向來看

新屋海陸唸-u或-iu自由變體，且變體傾向於與四縣的-u趨同，與新竹海陸較同質性的-iu不同，如下所示：

(2) **中古流攝尤韻開口三等字群的韻母比較**

苗栗四縣	新竹海陸	新屋四縣	新屋海陸	中古條件	演變條件	字例
-u	-iu	-u	-u～iu	流攝	尤韻開三知章組	晝、洲、臭、收、手、守、壽

中古流攝尤韻開口三等字群，四縣與海陸有差異的部分反映在古知、章二組聲母中，這組韻母在新竹海陸讀成合流的-iu一類，苗栗四縣讀成-u一類。新屋海陸除了讀成已變（-u）的現象外，有部分人士呈現混讀兩可（-u～-iu）或未變（-iu）的現象。這組字群的變化一反當地四海話的常例，即四縣較不受當地強勢海陸腔影響成-iu。此類字在當地海陸腔所產生的變化，音理上的變化可能稍強於與四縣的接觸變化，四海話的形成卻不受海陸的影響而產生變化，當地的海陸與四縣均傾向於向-u合流。[8]

三、小稱詞（仔綴詞）的語音特點

小稱詞的語音隨前音節韻母而變，以疊韻方式構成綴詞，甚至傾向於音節節縮（contraction），但也有發現與新竹海陸

---

[8] 四海話的音韻變化因區域性而異，若四縣較強勢時，則海陸的各項音韻變化均會朝向四縣靠攏，含這組字群的-iu向-u靠攏。

單音節詞綴的ə相同,這些變體之間究竟有否關連,其來源為單源或多源,相關問題在第五章做一深入的分析。今將語料呈現如下:

(3) 新屋海陸小稱詞的語音形式與類型

小稱類型		小稱語音形式舉例		
類型	形式	分布環境	詞幹	例
疊韻	構成詞幹的後加成分	詞幹—各韻,非高、升調之後		梳仔so^{53} o^{55}（梳子） 凳仔ten^{11} en^{55}（椅子） 藥仔ʒok^{2} ok^{5}（藥）
小稱變調	升調	詞幹—非高、升調之後	帽mo^{33} 凳ten^{11} 藥ʒok^{2} 梳so^{53} 鐵tʰiet^{5}	帽仔mo^{25}（帽子） 凳仔ten^{25}（椅子） 藥仔ʒok^{25}（藥） 梳仔so^{535}（梳子） 鐵仔tʰiet^{25}（鐵）[9]
	高調	詞幹—單字調為高、升調時		鵝ŋo^{55}（鵝） 索sok^{5}（繩子） 狗keu^{24}（狗）
	促化式—中塞式	詞幹—各韻,非高、升調後		藥仔ʒo^{22}ʔok^{5}（藥）
	舒化式—特高升調	詞幹—非高、升、降調之後		凳仔ten↗（椅子）

[9] 小稱詞前的詞根仍循海陸腔的連讀變調規則而行,而使「鐵仔」(鐵)的小稱音為[tʰiet^{25}],但此詞音讀亦可為單字調而無連調變化,如「鐵」(鐵)[tʰiet^{5}]。

小稱類型		小稱語音形式舉例	
元音延展	補償作用—詞幹主要元音展延	詞幹—各韻，非高、升調之後	帽仔mo-o³³⁵（帽子） 凳仔te-en¹¹⁵（椅子） 藥仔ʒo-ok²⁵（藥）
單音節式	央元音化ə⁵⁵	詞幹—各韻之後	柑仔kam⁵³ ə⁵⁵（橘子）
	四縣音化 [10]e⁵⁵		鵝仔ŋo⁵⁵ e⁵⁵（鵝）
	自成音節鼻音	詞幹—陽聲韻，非高、升調之後	凳仔ten¹¹ n⁵⁵（椅子）

以上的類型看似複雜，但其實有很多小稱變體的分布或呈互補關係，或呈自由變體，彼此間無辨義作用。在當地的海陸腔中，大致上可以看出一個總的趨勢，亦即小稱詞傾向於與前詞根合併，並從雙音節形式朝向單音節形式發展，目前小稱詞則處在中間過渡型的疊韻構詞為主。

小稱類型中，疊韻與小稱變調又是較為複雜的構詞方式，因為這牽涉到與詞根韻母的對應關係。新屋海陸基本上有62個韻母（不含小稱韻），多數韻可以衍生出一至數個不等的小稱疊韻變體。[11]（如上表例）

---

[10] 四縣音化e⁵⁵，很明顯的是受到周圍四縣話的影響而進來的，並不全面。
[11] 參考賴文英（2008b）。

第五節　結語

　　本章先從新屋地區的多方言現象提及新屋的語言分布,道出此區語言的複雜性,進而探討造成當地語言文化產生變遷的因素,含括姓氏地名「X屋」的表徵性,象徵著某種的勢力範圍;亦或從歷史移民的源流來看地名的含意,包括當地土著、大陸移民、姓氏聚落、地方權勢等,從中我們窺見了新屋家族的源流與勢力的消長,而語言在這些不同姓氏長期的交融之下,趨同中亦可見其差異性。

　　同時,我們從多方言現象看新屋的語言文化變遷,分別從三方面來探討區域方言的特色:(一)第一人稱聲調的走向;(二)從中古流攝尤韻開口三等字群的韻母走向;(三)小稱詞(仔綴詞)的語音特點。我們發現新屋的語言,以大宗的海陸腔來說,與其他地區的海陸腔相較之下有其自身的特色。這些特色的形成是由內部語音變化與外部語言接觸兩股力量互協的結果。是故,桃園新屋海陸客語的語言特色是由不同時、空層次的交替,不同方言之間的變化與競爭,從而形成共時的語言變體,同時,家族勢力的消長與活動範圍的變遷,也造就了新屋的語言特色,含括新屋的開發與語言文化變遷的關連。

第四章　臺灣的四海話

　　臺灣的四海話究竟為一種區域方言中，因方言接觸而產生的語言變體？亦或是來自於原鄉的變體？學者對此則有爭論。本章站在接觸的觀點探討兩大議題：臺灣客語四海話的橫向滲透與縱向演變、四海話與優選制約。文章架構除前言與結語外，另分五節：第二節：臺灣客語四海話的音韻系統；第三節：橫向滲透與縱向演變；第四節：四海話定義探討；第五節：四海話的特色與類型上的劃分；第六節：四海話與優選制約。[1]

第一節　前言

　　語言演變的規律與變遷本有不同的階段性。（何大安1988）除了語音的縱向演變外，很大一部分我們也可以配合語言的橫向滲透來觀察各種變化。語言產生變化的動因與區域中雙方言社會的方言接觸有密切的關聯性。所謂「語言接觸」（language contact）（含方言接觸）的含意指的是「由接觸而引發的語言變化」（contact-induced language change），也就是說因為語言的接觸而帶來了語言干擾、借貸的現象，並引發語言產生變化。（Thomason & Kaufman 1988、Thomason

---

[1] 本章前半部初稿發表於2007年第七屆國際客方言研討會。香港：香港中文大學。國科會國內研究生出席國際學術會議補助計畫，計畫編號：NSC-95-2922-I-134-004。修改後以〈臺灣客語四海話的橫向滲透與縱向演變〉收錄於《客語縱橫：第七屆國際客方言研討會論文集》，張雙慶、劉鎮發主編。香港：香港中文大學，2008年。本章後半部初稿以〈四海話與優選制約〉發表於《天何言哉》。中央大學出版，2012年。（forthcoming）並感謝兩位匿名審查者所提供的寶貴意見，論文如有疏漏之處應由本人負責。

語言變體與區域方言

2001）因此社會層面的因素，對語言接觸的方向及範圍具有決定性的影響機制，這種社會層面可以是指個人同時使用兩種語言來表情達意，並作為與人溝通的工具，進而延伸到某一區域的社會中，有一定數量的人具有使用兩種語言的能力，此即稱之為「社會雙語」（societal bilingualism）（曹逢甫1998）。也就是說這種社會雙語主要有兩種音變形成的方向：一為個人雙語的單向或雙向擴散，由個人進而影響擴散到群居的社會團體中；另一種音變形成的方向面為群體社會雙語的單向或雙向擴散（賴文英2004b）。語言隨著時間的演進與地理空間的變動，在長期的語言變遷中，我們很容易混淆歷時語音層次內部演變，與因語言接觸而產生的外部層次變動。當然，這種共時變異的橫向滲透與歷時演變的縱向演變，之間具有某種因果關係：由今音條件導致了一系列的詞均往相同的方向演變；古音條件在方言中的分化，卻是引發演變的間接因素。也就是說，從共時方言間的比較，找出今音條件所引發的橫向滲透，進一步以古音條件來追溯方言變體產生的機制。例如：古知、章、精、莊組聲母在客語各次方言的分合情形大致有四個方向，其中臺灣四縣多合流為ts-、tsʰ-、s-，海陸則分立為ts-、tsʰ-、s-與tʃ-、tʃʰ-、ʃ-。當四縣與海陸交會時，對應相異的兩組聲母（即古知章組的來源），在四縣（ts-、tsʰ-、s-）受到海陸（tʃ-、tʃʰ-、ʃ-）的影響下，四縣聲母逐漸往海陸靠攏，並導致四縣這類的聲母，有些字已完成了演變階段成tʃ-、tʃʰ-、ʃ-，但更多的情形是融合不分，即ts-～tʃ-、tsʰ-～tʃʰ-、s-～ʃ-。本章第一個目的在於透過橫向、縱向之間的關聯演變，並以桃園新屋客語為例，探究語言變遷的深層機制，並針對區域方言中的方言接

觸，關注三項議題：（一）透過共時方言比較，探討臺灣客語四海話音系與詞彙系統的特色；（二）經由一系列的實證來觀察四海話演變中的「過程」；（三）透過古音、今音雙向條件的縱橫探索，掌握語言變遷的機制與成因。

　　語言接觸（language contact）簡單的定義為：在相同的空間點與時間點上，不只於一種語言的使用。（Thomason 2001：1）又語言接觸產生其一的類型為：由接觸而引發的語言變化（contact-induced language change）（Thomason & Kaufman 1988），也就是說因不同語言的接觸而帶來了語言干擾現象，干擾的兩種基本模式為借用（borrowing）與優勢語干擾（substratum interference，字面義或譯為底層干擾），前者以詞彙借用為主，且不局限在區域性的多方言（多語言）現象，後者以語言移轉的過程為主，指的是說話者對目標語的習得或學習並沒有成功的移轉。四縣與海陸兩種方言在接觸時確實產生了某種程度的詞彙借用，但在臺灣的客語環境中，北臺灣的四縣與海陸算是勢均力敵的方言，難論何種方言才是優勢語。以桃園新屋地區為例，海陸腔雖為當地的優勢腔，四縣話趨於向海陸腔靠攏而成四海話，但其音韻特色卻非全面向海陸靠攏，部分音類反而有海陸向四縣靠攏的趨勢，兼有雙向接觸與內部音變互協變化的傾向（賴文英2008b,c）。由不同內部或外部因素影響而形成的語言特色，從臺灣四海話的研究當中，當更能為語言接觸這個領域做出貢獻。

　　海陸客語與四縣客語的形成是屬於不同的時代層次或不同的地域層次，當不同層次的語言變體進入同一區域中的共時系統，彼此會相互感染，並在共時層面產生不同的變體，在臺

灣，把這種海陸、四縣客語的接觸變化統稱為「四海話」。臺灣四海客語的研究，目前仍存在不一致的觀點，本章以賴文英（2007b,c、2008b,c）對四海話的研究為基礎，論述四海話與優選制約的關連，從土人感雙方言能力的角度出發，[2]以普遍性的四個原則來定義四海話並區分其類型，同時以優選制約來解釋臺灣四海客語普遍的語言現象。本章第二個目的在於透過優選觀點說明「聲調」無論在廣義的四海話或狹義的四海、海四話當中，均扮演最高層級的制約，此符合四海話定義中的土人感原則，亦符合普遍的語言現象。

第二節　臺灣客語四海話的音韻系統

臺灣客語「四海話」最早由羅肇錦（2000）提出，指的是「『四縣話』和『海陸話』混合以後所產生的新客家話。」其特色在於「*海陸人說四縣話，基本上是以四縣聲調為基礎，然後聲母韻母保有海陸特徵……。*」但四海話的研究隨著地域的擴大，因區域性的不同，演變的過程與機制也不同，並處在不同的演變規律與方向中。（鄧盛有2000、張屏生2004、鍾榮富2004、黃怡慧2004、賴文英2004a,b）以桃園新屋地區為例，當地是個多方言並存的鄉鎮，居民生活語言以海陸話為主，但不乏有雙方言者，四縣話為臺灣客語的通行腔，在當地仍有相當的規模與影響力，因為方言間的相互滲透（saturation）而導致四縣或海陸客語處在所謂的「變化中」，並產生多樣化的變體

❷ 所謂的「土人感」主要是指語言使用者對該語的使用非常流利，包含對雙方言或多方言的使用，且從聽者立場也無從分辨其母語原為四縣或海陸，最重要的是要站在發音人與聽話者的觀點，來徵詢其對該語使用的情形而定奪其是否為母語使用者（native speaker），此即屬土人感。

形式。新屋的四海話,其聲調是以四縣調為主,但聲母、韻母及詞彙卻有海陸話的特色;同樣的,當地部分的海四話,其聲調是以海陸調為主,但聲母、韻母及詞彙卻有四縣話的特色,本章將前者定之為狹義的「四海話」,並將前述各種現象泛稱為廣義的「四海話」。以下音韻系統以四縣為基準,並分別與海陸、四海話做一比較,以顯出四海話的特點。[3]

一、聲母

(1)

四縣	p-	pʰ-	m-	f-	v-	t-	tʰ-	n-	l-	ts-	tsʰ-	s-
海陸	p-	pʰ-	m-	f-	v-	t-	tʰ-	n-	l-	ts-	tsʰ-	s-
四海	p-	pʰ-	m-	f-	v-	t-	tʰ-	n-	l-	ts-	tsʰ-	s-
例字	斑八	爬盤	馬滿	花番	烏碗	打端	桃塔	拿南	羅籃	早摘	茶察	沙三

四縣	ts-	tsʰ-	s-	ø-	k-	kʰ-	ŋ-	(ȵ-)	h-	ø-
海陸	tʃ-	tʃʰ-	ʃ-	ʒ-	k-	kʰ-	ŋ-	(ȵ-)	h-	ø-
四海	tʃ- ts-	tʃʰ- tsʰ-	ʃ- s-	ʒ- z- ø-	k-	kʰ-	ŋ-	(ȵ-)	h-	ø-
例字	遮隻	車尺	蛇石	野葉	家柑	科看	牙鱷	耳人	蝦鹹	愛暗

四縣有17個聲母;海陸有21個聲母;四海有21個聲母(與海陸相同)。但四海的「tʃ-、tʃʰ、ʃ-、ʒ-」這一組聲母

---

[3] 本章提及四縣、海陸時除非有另外說明,否則分別指稱目前通行腔的苗栗四縣與新竹海陸,四海主要指的是新屋四海(聲調以四縣為深層或表層)。

65

會與四縣的「ts-、tsʰ-、s-、ø-」的這一組聲母形成競爭，成融合或取代的情形不等。而「ʒ-」與「ø-」間可能產生中間音「z-」，三者亦成競爭或共存的局面，本章採取中立化（neutralization）的音位/tʃ-、tʃʰ、ʃ-、ʒ-/。

二、韻母

（一）陰聲韻

(2)

四縣	ɿ	i	iu	e	eu	ie	ieu	a	ia	ua	ai	uai
海陸	ɿ / i	i / ui	iu	e	eu / au / iau	e / ai	iau / au	a	ia / a	ua	ai	uai
四海	ɿ / ɿ i	i / ui	iu / u	e	eu / eu / au / eu / iau	(ie) / e / (ie) / e / ai	ieu / iau / ieu / iau / eu / au	a	ia / ia a	ua	ai	uai
例字	子師紙	西耳杯	流酒手	細洗	偷燒笑	液街雞	橋邀天	花拿	擎謝野	瓜掛	買賴	乖拐

四縣	au	iau	o	oi	io	ioi	u	ui
海陸	au	iau	o	oi	io		u	ui
四海	au	iau	o	oi	io		u	ui
例字	包飽	鳥吊	婆禾	賠開	茄靴	'累'	烏粗	歸瑞

陰聲韻，四縣有20個；海陸有17個；四海有18個（較海陸多出-ieu，如「邀」），其中，括弧中的ie韻非屬真正之音位，可歸在e韻之下。ioi韻屬四縣特殊的韻，只一字「k^hioi^5」（累），此字由海陸相對應的詞「t^hiam^3」取代。橫線表對應上的不同，如「子、師」在四縣、海陸、四海均為ɿ韻；「紙」在四縣為ɿ韻、海陸為i韻、四海則為ɿ或i韻。

（二）陽聲韻

陽聲韻，四縣有23個；海陸有21個；四海有21個（與海陸相同），其中，括弧中的im、in二韻非屬真正之音位，可分別歸在im、in二韻之下。

語言變體 與區域方言

(3)

四縣	im	im	em	am	iam	in	in	en	ien	uen	on
海陸	im		em	am	iam am	in		en	ien an	uen	on
四海	(ɨm) im	im	(iem) em	am	iam iam am	(in) in	in	en	ien ien an en an	uen	on
例字	深沈	林鑫	(搣)森砧	三柑	甜險鹽	陳身	明兵	僧鷹	邊研冤	耿	安團

四縣	ion	an	uan	un	iun	aŋ	iaŋ	uaŋ	oŋ	ioŋ	uŋ	iuŋ
海陸	ion	an	uan	un	iun un	aŋ	iaŋ aŋ	uaŋ	oŋ	ioŋ oŋ	uŋ	iuŋ uŋ
四海	ion	an	uan	un	iun iun un	aŋ	iaŋ iaŋ aŋ	uaŋ	oŋ	ioŋ ioŋ oŋ	uŋ	iuŋ iuŋ uŋ
例字	軟全	斑盤	關款	婚問	君裙雲	冇硬	驚靚影	梗	幫房	網涼秧	紅銅	弓雄榕

（三）入聲韻

(4)

四縣	ip	ip	ep	ap	iap	it	it	et	iet	uet	at	uat
海陸	ip		ep	ap	iap ap	it		et	iet at	uet	at	uat
四海	(ip) ip	ip	(iep) ep	ap	iap iap ap	(it) it	it	et	iet iet et at	uet	at	uat
例字	十濕	入笠	澀	納鴨	接貼葉	食直	七力	北色	月鐵越	國	八辣	刮

四縣	ot	iot	ut	iut	ak	iak	ok	iok	uk	iuk
海陸	ot	iot	ut	iut	ak	iak ak	ok	iok ok	uk	iuk uk
四海	ot	iot	ut	iut	ak	iak iak ak	ok	iok iok ok	uk	iuk iuk uk
例字	割渴	吮	出骨	屈	百白	錫壁攃	索薄	腳鑊藥	穀目	六肉育

入聲韻，四縣有22個；海陸有20個；四海有20個（與海陸相同），其中，括弧中的ip、it二韻非屬真正之音位，可分別歸在ip、it二韻。

（四）成音節鼻音

(5)

四縣	m̩	n̩	ŋ̍
海陸	m̩		ŋ̍
四海	m̩		ŋ̍
例字	毋	你	女

　　成音節鼻音，四縣有3個；海陸有2個；四海有2個（與海陸相同），其中，n̩韻屬四縣特殊的韻，只一字「你」，此字由海陸相對應的音「ŋi」表示。

三、聲調

(6)

調類	陰平	陽平	上聲	去聲	陽去	陰入	陽入
調號	1	2	3	5	6	7	8
四縣調值	13	11	31	55		2	5
海陸調值	53	55	13	11	33	5	2
四海調值	13	11	31	55		2	5
例字	夫	湖	虎	富	婦	拂	佛

　　四縣有6個聲調；海陸有7個聲調；四海有6個聲調（調類與調值均與四縣相同）。

四、小結：音位與非音位間的格局

　　若以四縣為基準點，分別比較海陸與四海，凡海陸與四縣對應上有差異的（灰底部分），在四海話中，除了聲調以四縣為主外，多半呈現兩套聲韻的共存疊置（layering），或融合

（fusion）、取代（substitution）不等，形成音位與非音位間的中立化（neutralization）。

四海話的i韻與tʃ-、tʃʰ-、ʃ-等聲母拼合時，因聲母的捲舌成份較重，使得韻母主要元音較偏於齊齒韻的前高元音，又-ɨ-、-i-在上述條件下，音位上趨於選取-i-為音位，少部分字會有-ɨ-、-i-的混讀現象，[4]因此本章在音位的描述上則中立化成/-im、-in、-ip、-it/。又e、eu、em、ep四韻在拼舌根塞音k-、kʰ-時，[e、eu、em、ep]分別與[ie、ieu、iem、iep]成混讀變體，因舌根音在拼帶有前高元音e時，在前高元音之前往往會產生過渡音[i]，因此本章中立化成/e、eu、em、ep/。零聲母以-i-當介音時，聲母會強化成z-或ʒ-，並與zi或ʒi-成混讀變體。事實上，ʒ-與v-都非真正之音位，各為i-與u-強化而來的，但為照顧音值和語料上的對應，本章仍中立化成/ʒ-/、/v-/。ŋ-和齊齒呼韻母相拼時，音值近於ȵi，[5]事實上ŋ-和ȵ-成互補分配，從音位的觀點上ŋ-、ȵ-是可以歸為同一聲母的，取消ȵ這個聲母，並不會造成音位系統的混亂，但為了照顧音值和語料上對應的方便，在此仍以ȵ-作為音位符號。同樣的，/ian、iat/的音值為[ien、iet]，亦為了照顧音值和語料上對應的方便，在此仍以ien、iet作為音位符號。

---

[4] 本章的「混讀」是指語音性的自由變體。
[5] 有關ŋ-、ȵ-的音位論點，筆者隨著時間而有不同的立場，早期或以ȵ-在客語的特殊性而獨立成一音位，但近期以音韻學的觀點與客語次方言整體性的觀點而不另立音位。最新論述參見第二章。

第三節　橫向滲透與縱向演變

　　海陸、四縣話的成型是屬不同的時代或地域層次，有其歷史上的淵源關係，但是，當這兩種勢均力敵的方言，亦即兩種不同時代形成的層次進入同區域中的共時系統後，彼此開始互動、競爭、滲透等等，結果就產生了不同的方言變體，本章統稱為四海話，四海話是臺灣客語因方言接觸而產生的一種獨特的方言現象。[6]

　　從音節結構來說，客家話的音節結構為（C）（M）V（E）／T，當四縣與海陸交會時，在音節結構維持不變之下，音節結構中的每個組成成分，如聲母、介音、主要元音、韻尾、聲調等會形成競爭，或成分間自由交替，如圖所示：

(7)

$$\underset{\text{四縣話}}{(C_1)(M_1)V_1(E_1)/T_1} \rightleftarrows \underset{\text{海陸話}}{(C_2)(M_2)V_2(E_2)/T_2}$$

$$\underset{\text{四海話}}{(C_1/C_2)(M_1/M_2)V_1/V_2(E_1/E_2)/T_1/T_2}$$

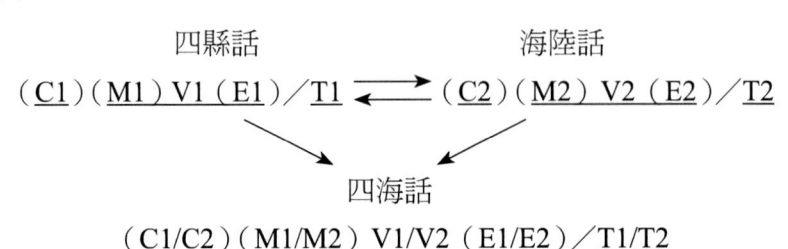

　　可看到，四縣話原有的音節結構與海陸話原有的音節結構，其組成成分相互滲透，從而產生變化，並導致變體產生：C_1/C_2、M_1/M_2、V_1/V_2、E_1/E_2、T_1/T_2等，變體為二任選其

---

[6] 在D. MacIver編撰的《客英大辭典》中，其音韻也存在著「四海話」的特色，臺灣四海話的產生目前尚沒有直接的證據可證明是從大陸原鄉而來，是故本章暫持「四海話是臺灣客語因方言接觸而產生的一種獨特的方言現象」。有關《客英大辭典》的音韻研究參見黃詩惠，2003，「《客英大辭典》音韻研究」，彰化師範大學國文學系碩士論文。賴文英，2003，〈《客英大辭典》的客話音系探析〉，《暨大學報》。第7卷，第2期，頁33-50。

一出現，非A即B，或非B即A，除了這種疊置外，也有被取代（如M1/V1/E1＞M2/V2/E2等）或其他種音變（如M1/M2的存在與否）等情形，但通常為聲調不變，音韻、詞彙或語法系統為外來系統所取代。大致上，音節結構不變但組成的成分會改變，成分改變後，四海話的音位種類除了聲母增加了四個外，其他音位種類並不產生劇烈的改變。（如表(1)至(6)所示）以下我們便從歷時成因的縱向演變與共時變遷的橫向滲透中，探究二者之因果關連。

一、聲母兩可性與對立性間的抗衡

（一）知章組與精莊組聲母的融合與對立

客語古知、章、精、莊組聲母的分合，在不同的次方言中大致有四個方向，其中臺灣四縣多合流為ts-、tsʰ-、s-，海陸則分立為ts-、tsʰ-、s-與tʃ-、tʃʰ-、ʃ-。當四縣與海陸交會時，對應相異的兩組聲母（即古知章組的來源），在四縣（ts-、tsʰ-、s-）受到海陸（tʃ-、tʃʰ-、ʃ-）的影響下，四縣聲母逐漸往海陸靠攏，並導致四縣這類的聲母，有些字已完成了演變階段成tʃ-、tʃʰ-、ʃ-，但更多的情形是融合不分，即ts-∼tʃ-、tsʰ-∼tʃʰ-、s-∼ʃ-。如字群：[7]

---

[7] 因在不同時、不同點，每位發音人在同一類字的聲母上發音表達不盡相同，有些趨於合流，有些趨於對立，但多數是融合不分的，故列舉字群以古音類別為主。換句話說，對立與不對立間正形成互競的局面，不過卻朝海陸的聲、韻趨同中。

(8)

四縣	海陸	四海	中古條件	演變條件	字　群
ts-	tʃ-	ts-～tʃ-	章組	三	遮、者、蔗、諸、煮、硃、珠、主、蛀、制、製、知_文_、支_文_、枝_文_、紙、指、之、芝、止、趾、志、誌、痣、招、照、周、州、洲、針、枕、執、汁、戰、折、專、磚、真、診、疹、振、準、章、樟、掌、障、蒸、證、症、織、職、眾、粥、正_正月_、整、政、隻、鐘、鍾、種、腫、燭
			知組		豬、註、置、朝_今朝_、超、潮、召、晝、轉、鎮、張、長_長大_、漲、帳、脹、著、桌、卓、徵、中_文_、竹
tsʰ-	tʃʰ-	tsʰ-～tʃʰ-	章組		車、扯、處、齒、吹、炊、臭、深、川、穿、串、春、出、昌、廠、唱、倡、稱、充、銃、赤、尺、衝、觸
			知組		除、儲、箸、廚、住、池、遲、稚、癡、持、痔、治、鎚、錘、朝_朝代_、抽、丑、沉、傳、傳、陳、塵、陣、姪、長_長短_、腸、場、丈、仗、杖、暢、直、值、蟲、鄭、重

第四章 臺灣的四海話

四縣	海陸	四海	中古條件	演變條件	字　群
s-	ʃ-	s-～ʃ-	章組	等	蛇、賒、捨、射、舍、佘、社、書、舒、暑、薯、輸、殊、樹、世、勢、誓、逝、施、匙、氏、豉、尸、屍、屎、視、詩、始、試、時、市、侍、垂、睡、水、誰、燒、少、紹、收、手、首、守、獸、受、壽、授、蟾、審、濕、十、蟬、善、舌、扇、設、船、說、神、身、申、辰、晨、腎、脣、順、術、純、商、傷、賞、常、上、尚、食、升、勝、識、式、承、植、叔、聲、聖、釋、成、城、誠、石、舂

（二）聲母ʒ-與介音-i-的互動

古影、以、日母在海陸腔讀成ʒ-的，在四縣讀成i-，當四縣受到海陸影響較為深遠時，以-i-當介音的零聲母會更容易強化成z-或ʒ-，因此i-與zi-或ʒi-容易成混讀現象，事實上，ʒ-或z-並非真正之音位，而是由i-強化而來的。如字群：

(9)

四縣	海陸	四海	中古條件	演變條件	字　群
ø-	ʒ-	ø-～ z-～ʒ-	以母		爺、也、野、夜、余、餘、與、譽、預、移、易、姨、夷、搖、謠、舀、鷂、由、油、游、柚、鹽、簷、葉、頁、延、演、緣、鉛、寅、引、殷、匀、允、羊、洋、楊、陽、揚、養、癢、樣、藥、蠅、孕、翼、贏、營、育、容、蓉、庸、用、勇、浴
			云母		雨、宇、尤、郵、有、友、又、右、炎、圓、員、院、園、遠、云、雲、韻、運、榮、永、
			影母		於、醫、意、衣、依、夭、邀、腰、要、優、幼、閹、音、陰、飲、怨、因、姻、印、一、熨、央、秧、約、應、鶯、鸚、櫻、英、影、映、煙、燕
			日母		如、然、燃、潤、閏、戎、絨

二、古止深臻曾梗攝與精莊知章組的組合變化

在海陸勢力範圍廣的領域上，由於強勢腔具有主導演變的方向，因此在四海話中有些語言現象已與原本的四縣形成對立，有些則成兩可性或三可性。如「剷」現階段的語音演變為：tsʰi→tsʰɨ～tʃʰɨ～tʃʰi→tʃʰi；「陳」現階段的語音演變為：tsʰin→tsʰɨn～tʃʰɨn～tʃʰin→tʃʰin～tʃʰin；「紙」現階段的語音演變為：tsi→tsɨ～tʃɨ～tʃi。「剷、陳、紙」均為使用頻率高的字群，卻似乎有不同調的演變速度，雖然說不是絕對性，但已可看出語音演變的過程：「剷」（tʃʰi）趨向於演變的完成階段、「陳」與「紙」則處在尚未完成演變的兩可性或三可性階段中。這樣子的演變並非音韻內部單純的自然現象，而是透過另一方言的強勢主導而來的，由內外雙重力量的影響而造成變化。因為從音理上解釋，齒音聲母與舌尖前高元音或前高元音組合時，聲母與韻母均容易在齟齬之間產生些微的語音變化。如字群：

(10)

四縣	海陸	四海	中古條件	演變條件	字　　群
-im -ip	-im -ip	-im～-im -ip～-ip (-im,ip＞-ɨm,ɨp)	深攝	侵緝開三	沉、針、枕、深、審 執、汁、濕、十

四縣	海陸	四海	中古條件	演變條件	字　　群
-in -it	-in -it	-in～-in -it～-it (-in,it＞in,it)	臻攝	真質開三	鎮、陳、塵、陣、姪、真、診、疹、振、神、身、申、辰、晨、腎、質、實、失、姪
			曾攝	蒸職開三	徵、直、值、蒸、證、症、織、職、稱、食、升、勝、識、式、承、植
			梗攝	清昔開三	聖、釋、成、城、誠

三、古流效蟹山攝的合流與分化

（一）古效、蟹、山攝的兩可或三可性

　　四縣、海陸的韻母，語音差異較明顯的為效、蟹二攝，也似乎因差異稍大，其競爭與共存的變體互動就更為長久。但從音理解釋，四縣與海陸二者內部的語音演變應有前後關係：海陸的-au/-iau與-ai是較古的語音形式，當主要元音高化一層級時，則分別容易演變為四縣的-eu/-ieu與-e/-ie。即$ai_1 \to ie_2$成四縣、$ai_1 \to ai_2$成海陸，而後海陸的ai_2進入四縣的ie_2成ai_3/ie_3共存在同一平面系統中，在舌根音聲母後接前高元音e時，前高元音之前往往會產生過渡音[i]，而e本身也容易元音分裂成ie，所

以[i]是可選擇性的,也就是說可能形成三種方言變體ai/ie/e。另外,山攝的部分字亦具類似的演變模式,其演變過程及字群分別如下所示:

(11) **效攝**

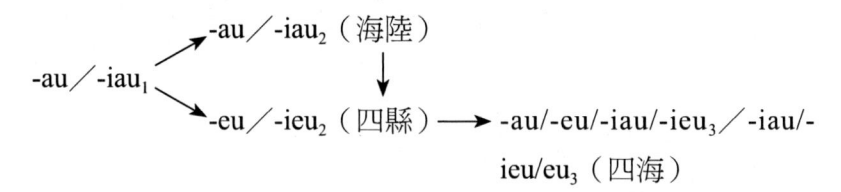

$$-au/-iau_1 \nearrow -au/-iau_2（海陸） \\ \searrow -eu/-ieu_2（四縣） \longrightarrow -au/-eu/-iau/-ieu_3/-iau/-ieu/eu_3（四海）$$

(12) **蟹攝**

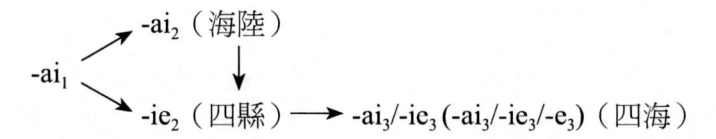

$$-ai_1 \nearrow -ai_2（海陸） \\ \searrow -ie_2（四縣） \longrightarrow -ai_3/-ie_3 (-ai_3/-ie_3/-e_3)（四海）$$

(13) **山攝**

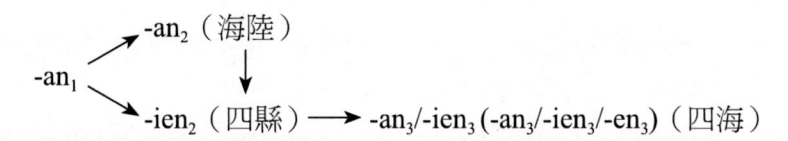

$$-an_1 \nearrow -an_2（海陸） \\ \searrow -ien_2（四縣） \longrightarrow -an_3/-ien_3 (-an_3/-ien_3/-en_3)（四海）$$

(14)

四縣	海陸	四海	中古條件	演變條件	字　　群
-ie	-ai	-ie～-e～-ai	蟹攝	開二	皆、階、介、界、屆、戒、街、解、雞
-eu	-iau	-eu～-iau	效攝	開細	標、表、錶、漂、票、瓢、嫖、苗、貓、藐、秒、廟、妙、焦、蕉、醮、樵、宵、銷、小、笑
	-au	-eu～-au			朝、超、潮、召、招、照、燒、少、紹
-ieu	-iau	-ieu～-eu～-iau			驕、橋、轎、叫、噭
	-au	-eu～-ieu～-au～-iau			夭、邀、腰、要、搖、謠、舀、鷂
-ien	-an	-ien～-an	山攝	開合	簡、眼、奸、研、圓、員、緣、鉛、院、然、燃、延、演、怨、園、遠、煙、燕
		-en～-ien～-an (-an＞-en,-ien)			

（二）古流、效攝的分分合合

　　古流攝尤韻開口三等字群，這組韻母在海陸讀成-iu一類，四縣讀成-iu與-u兩類。四縣與海陸有差異的部分反映在古知、章兩組聲母中，但四海卻不受海陸的影響而產生變化，因為這組字在新屋海陸讀成-u，因此當地的四縣與海陸並無差別，並與古流攝非知、章聲母的其他-iu韻成對立。如字群：

(15)

四縣	海陸	四海	中古條件	演變條件	字群
-u	-iu	-u	流攝	尤韻開三知章組	晝、抽、丑、周、州、洲、臭、收、手、首、守、獸、受、壽、授

另外,古流攝侯韻開口一等字群,這組韻母在海陸、四縣均讀成-eu,因此在四海亦讀成-eu,無其他變體,如:

(16)

四縣	海陸	四海	中古條件	演變條件	字群
-eu	-eu	-eu	流攝	侯韻開一	某、牡、偷、頭、投、走、豆、漏、奏、湊、勾、構、溝、狗、後、候、歐、猴、嘔

與前述第(一)點相較,中古來源不同的韻攝,在共時方言中產生了分合的情形,中古效攝在四縣為-eu產生了變體-au,但同為-eu韻的字群在中古為流攝的,卻不產生相同的變體。更進一步說,原有差異的效、流二攝反映在海陸為分化的狀態、四縣呈合流的狀態,但反映在四海則又趨向於分化的狀態,這種從分化→合流→分化的狀態,可以很確定的是它並非直接透過語音內部演變來的,而是透過方言接觸產生的。因此,語言的變遷當以今音的方言對比為條件,並配合古音的來源條件,當更能看出其中的淵源。

四、唇音合口韻母反映的假象回流演變

同樣的，唇音聲母後的-ui韻發展：$ui_1 \rightarrow i_2$成四縣、$ui_1 \rightarrow ui_2$成海陸，而後海陸的ui_2進入四縣的i_2成ui/i共存在同一平面系統中，甚至ui_2已取代了i_2。以古音來看，唇音後的合口-u為較古形式，之後-u消失。但反映在四海的-i→-ui的變化，表面看似為回流演變，其實只是一種回流演變的假象，因為這並非音韻內部單純的自然現象，主要是透過方言接觸的另一方言影響進來的。如字群：

(17)

四縣	海陸	四海	中古條件	演變條件	字　　群
-i	-ui	-ui	蟹攝	合一	杯、輩、會_會話_、匯、回
			止攝	合三	委、為、位、唯、非、飛_文_、痱、妃、肥、尾、微、味、威、違、圍、偉、慰、胃、謂、彙

五、聲調的錯落演變

以四縣聲調為主的四海話，在聲調部分並無產生系統性的變化。因為四縣話為偶數的六個聲調，海陸話則為奇數的七個聲調，系統上四縣為對稱性的，海陸則為不對稱性。當四、海交會區的這兩種方言接觸頻繁，而導致兩種系統均受到滲透時，聲調不對稱的系統就容易趨同於聲調對稱的系統，尤其這兩種方言的調類與調值六種都呈現對應時，海陸多出的第七調

容易轉變成對應於四縣當中的一個調類,即海陸陽去調對應於四縣為去聲,而海陸陽去調調值方面(調值33)的不穩定性在各區域中,似乎均有類似的發現。[8]

六、詞彙系統的消長

詞彙系統實含語法層面,但因本章語法調查並不夠全面性,因此這部分的討論將以詞為主。若說音韻的演變是以語音或音類為主要單位,那麼詞彙演變的主要單位應該是以整個詞位為單位,當然也不排除有合璧詞的出現(亦即詞彙AAA＋BBB→AAB或ABB等)。

從詞彙的透視來看,在相同的詞彙條件中語音產生混讀變體,如四海話的「小學」、「國小」的「小」字,不論在何詞彙條件中,均可唸/seu^{31}/或/siau^{31}/。以下從詞彙的觀點,列出聲、韻、調、詞彙各種變體的組合變化:

(18)

	例詞	四海語 音、詞彙	四縣語 音、詞彙	海陸語 音、詞彙	變體 部分
A	「燒」火	[seu^{13}]/[ʃeu^{13}]/ [sau^{13}]/[ʃau^{13}]	seu^{13}	ʃau^{53}	聲、韻
B	講「話」	[fa^{55}]/[voi^{13}]	fa^{55}	voi^{53}	聲、 韻、調
C	「煮」 「飯」	[tsu^{31}]/[tʃu^{31}]; [fan^{55}]/[pʰon^{55}]	tsu^{31} fan^{55}	tʃu^{13} pʰon^{33}	聲、韻

---

❽ 本章的討論是以四縣聲調為主的四海話,因此有關以海陸聲調為主海四話的相關討論,參見賴文英(2005b)。

	例詞	四海語 音、詞彙	四縣語 音、詞彙	海陸語 音、詞彙	變體 部分
D	弓「蕉」（香蕉）	[tseu^{13}]/[tsiau^{13}]	tseu^{13}	tsiau^{53}	韻
E	「街」路（街上）	[ke^{13}]/[kie^{13}]/[kai^{13}]	kie^{13}	kai^{53}	韻
F	「樹」頂	[su^{55}]/[ʃu^{55}]	su^{55}	ʃu^{33}	聲
G	（明天）	天光日～韶早	韶早～天光日	韶早～天光日	詞彙
H	（筷子）	筷仔～箸仔	箸仔～筷仔	箸仔～筷仔	詞彙

若單以詞彙或語法來看，在四海話中原有的詞彙，有的已完全消失，有的仍在疊置競爭中，如：

(19)

華語義	明天	筷子	茄子	蘿蔔	（累）	餓	倒茶
四縣	天光日	筷仔	吊菜	蘿蔔仔	k^{h}ioi^{55}	飢	斟茶
海陸	韶早	箸	茄仔	菜頭	t^{h}iam^{13}	枵	淳茶
四海	天光日～韶早	筷仔～箸仔	吊菜～茄仔	菜頭	t^{h}iam^{13}	枵	淳茶

華語義	下雨	花生	粥	添飯	話	飯	我的
四縣	落雨	番豆	粥	添飯	fa^{55}	fan^{55}	ηa^{13}
海陸	落水	地豆	糜	裝飯	voi^{53}	p^hon^{33}	ηa^{55}
四海	落水	地豆	糜	裝飯	$fa^{55}\sim voi^{13}$	$fan^{55}\sim p^hon^{55}$	$\eta a^{13}\sim \eta ai^{13}$

華語義	洗澡間	韭菜	鼻子	耳朵	柿	含羞草	和、把、將
四縣	浴堂	快菜	鼻公	耳公	ts^hi^{55}	見笑花	同
海陸	洗身間	韭菜	鼻孔	耳孔	k^hi^{55}	詐死草	摎
四海	洗身間	韭菜	鼻孔	耳孔	k^hi^{55}	見笑花~詐死草	摎~同~將

　　在歷時的演變過程中，海陸、四縣的音韻、詞彙系統，部分各朝不同的方向分化，分化後的語言在某一時某一地又再度相遇時，便可能產生混合而成疊置式的音變與詞變。（賴文英 2004a）在接觸初期，兩種方言並存，之後互動並互競，大體上，整個語音、詞彙系統在互動的過程中，區域中的強勢方言多半主導著演變的方向。在新屋地區的四縣客話，整體上逐漸朝海陸客話的音韻、詞彙系統而變化著。

85

七、小結

　　臺灣四海話的產生與存在，是因為四縣話與海陸話兩套系統之間在共時平面上的相互影響並融合，使得原先兩套系統存在的歷時差異性愈變愈模糊，最後使得當地人很難去區別音韻上的變化，也很難去區分因音變而產生的方言變體。在語言的變遷過程中，它應該是根據某些原則而呈現出不同的語言形式，一般說來，詞頻高的（如：雞、街），或語音差異小的（如：vi→vui），會讓當地人在語感的認知中，不容易去區別出差異性，即使是語音差異度大（如：k^hioi55→t^hiam31「累」），在社會趨向於「認同度」高，使得語音或詞彙在「隱性」且逐步的轉移之下，呈現了不同的語言變體，這些都是透過方言間差異性的對應關係而導致規律性的變化，非屬對應的則不會發生變化，換句話說，變體之所以產生是受選擇性制約的，在看似不規律中卻可導出規律性。從今音條件的橫向滲透來看，導致變體的產生與方音間共時形式的對應有直接的關聯，凡對應不同的，即可能產生變體，規律如下所示：

(20)

　　Wpi→｛Wp1，Wp2｝／D1Wp1 ≈ D2Wp2[i=1或2；p1≠p2]

　　「W」表詞；「p」代表語音或詞彙；「D」表方言；「≈」表語音與語意上的對應。在D1及D2方言上具有對應的詞中，經由接觸，一方言原有的語音或詞彙會受到另一方言語音或詞彙的影響，而有Wp1或Wp2其中一個的形式，二者形成競爭，導致強勢的一方取代弱勢的一方，亦或是二者仍處在疊置

兼用的過度階段。故而各音類或詞彙間演變的速率不同,但大致上是往同一個方向在進行的。其演變的模式便可構擬如下;

(21)

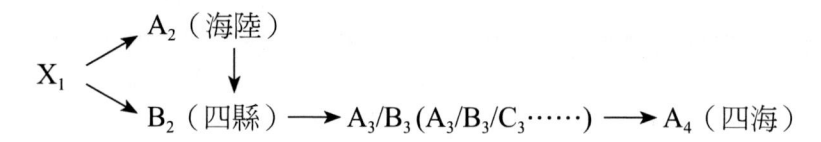

$$X_1 \begin{matrix} \nearrow A_2（海陸） \\ \downarrow \\ \searrow B_2（四縣） \end{matrix} \longrightarrow A_3/B_3 (A_3/B_3/C_3\cdots\cdots) \longrightarrow A_4（四海）$$

　　X1在歷時的演變過程中,或因地理、社會背景的不同而分化成A2、B2,B2之後受到A2的影響而產生變體A3/B3⋯⋯不等,最終可能被取代成A4。從某一方面來看,這也與Wang（1969、1979）所提「詞彙擴散」（Lexical Diffusion）,主張「語音的演變是透過詞彙來完成的,而非一次全變」有異曲同工之妙。但是我們可以看到上述種種的變化,由於內、外部力量的雙重加強,語言演變在語音與詞彙系統上,卻是可以選擇同為漸變的（gradually）（如「剛、陳、紙」類字群顯示演變過程的漸變性）,[9]亦或語音是突變的（abruptly）,但透過詞彙逐漸完成演變（如中古效攝語音的兩可或三可性）。

　　本書從語言橫向的共時變遷探索縱向的歷時成因,其中發現了語言演變過程中,呈現不同的階段性與方言變體。也就是說,語言先在歷時產生了某一系列的詞往不同的方向分化,分化後的方言之後在共時平面再度相遇時,分化的部分就形成了差異上的對比,再加上語言內部有其自身的語音演變力量,在內外因素的互動之下,進而導致在另一種方言的系統中形成了不同的變體。變體呈現的豐富性,似乎也是混合方言中的特

---

❾ 類似的現象在Trudgill（1986）的研究中亦有發現。

色。（參見Trudgill 1986）臺灣客語四海話正是因方言接觸而產生的一種中間帶的混合語，主要形成在四縣腔和海陸腔交會的地區。類似的語言現象隨著時間的演進與地理空間的變動，在長期的語言變遷中，我們很容易混淆歷時語音層次的內部演變，與因語言接觸而產生的外部層次變動。當然，這種共時變異的橫向滲透與歷時演變的縱向演變具有某種因果關係：由今音條件導致了一系列的詞均往相同的方向演變，而古音條件在方言中的分化卻是引發演變的間接因素。

第四節　四海話定義探討

臺灣客語「四海話」最早由羅肇錦（2000：234）提出，指的是：「『四縣話』和『海陸話』混合以後所產生的新客家話。」其特色在於「*海陸人說四縣話，基本上是以四縣聲調為基礎，然後聲母韻母保有海陸特徵……。*」但四海話的研究隨著地域的擴大，因區域性的不同，演變的過程與機制也不同，而處在不同的規律與方向中，且各家對四海話的定義或有差異，但原則上都是由最初定義再做擴充或修正。今將各家對四海話定義，整理如表所示：

⑵ **四海話的定義比較**

	四海話定義和特色說明
羅肇錦 2000	「四縣話」和「海陸話」混合以後所產生的新客家話。海陸人說四縣話，基本上是以四縣聲調為基礎，然後聲母韻母保有海陸特徵……
鄧盛有 2000	所謂的「四海話」是指四縣客語與海陸客語相互接觸後，使得四縣客語或海陸客語原有的語音、詞彙、甚至語法，發生了改變（包括四縣向海陸變化，或海陸向四縣變化），而形成的一種新的客家話。
張屏生 2004	在原有的定義上結合詞彙的變化來擴充定義：把雜有海陸腔的四縣腔叫「四海腔」，把雜有四縣腔的海陸腔叫「海四腔」，統稱叫「四海話」。
賴文英 2004a,b、 2008b,c	狹義四海話的聲調是以四縣調為主，但聲母、韻母及詞彙、語法方面卻有海陸話的特色，反之狹義海四話亦然，並將前述現象泛稱為廣義的「四海話」。其中，四海話也可能包括弱勢方言（如豐順）的成分。
吳中杰 2006	將國姓鄉四種客家次方言，包括海陸、四縣、大埔、饒平的混合使用，稱之為「大四海話」。主要和墾拓時移民來源的背景有關。
鍾榮富 2006	擴充四海話的範疇，並從優選觀點來印證：無論四縣和海陸話如何融合，只要分別取自四縣和海陸，都稱為「四海客家話」。包括五種類型的四海話現象。

89

	四海話定義和特色說明
賴文英 2008b	循2007年定義─以桃園新屋為例,其四海話聲調是以四縣調為主,但聲母、韻母及詞彙卻有海陸話的特色;同樣的,當地部分的海四話,其聲調是以海陸調為主,但聲母、韻母及詞彙卻有四縣話的特色,前者為狹義的「四海話」,而前述各種現象泛稱為廣義的「四海話」。本書另定出四海話的四項原則,指出四海話的兩大類型六次類型,並從土人感雙方言能力的立場以優選觀點來印證相關主張。[10]

可以看出,各地四海話的變異並不具有一致性,亦即聲韻非完全包舉,也非以四縣聲調為基礎,或內容非只涵蓋四縣、海陸兩種方言,且四海話類型的呈現也不同,但大致都可稱之為「四海話」。

「四海話」在定義時應該要具備幾個原則:(一)在原有的定義之下擴充或修正,畢竟四海話的形成是在原有的架構之下成形的;(二)應符合臺灣客語兩大通行腔,四縣與海陸方言接觸的普遍事實,故即使有弱勢腔的混雜現象,也可視之為四海話;(三)應排除可能的語碼轉換(code-switching),[11]畢竟四海話的形成因素,主要和語言使用者的雙聲帶有關,故而有時為語碼轉換現象,但有時卻為四海話現象,二者必須要

---

[10] 所謂的「土人感」見本章註2。
[11] 語碼轉換(code-switching),指語言使用者或因說話的對象、場合、話題以及心理因素等等,在同一句或同一篇章中,有時以A言,有時又以B言,以詞彙、短語或句子為單位,此常發生在語言使用者為雙聲帶或多聲帶的情形,而且發音人通常有能力察覺語言轉換上的不同。所以若發音人時而以「四縣」講,時而以「海陸」講時,不管其為「四海」或「海四」,原則上發音人仍認為那是四縣與海陸兩種方言的轉換,此是由「聲調」扮演語言認知或語碼轉換的主要角色。

區別;(四)應照顧到語言使用者的語感,亦即土人感原則,包括了對雙方言的熟識,此點尤為重要。張屏生(2004)的定義未能將「雜有海陸腔的四縣腔」或「雜有四縣腔的海陸腔」較好的區分出「四縣腔」與「海陸腔」的成分所指為何?成分是聲調、聲韻,亦或都有可能?如果不做區分,基本上,定義的結果容易混淆四縣腔與海陸腔。鍾榮富(2006)的定義或過於泛化四海話的實質內容,因為當兩種方言具有接觸關係時,雖可在聲、韻、調方面有不同的組合關係而形成不同的四海話類型(見下節),但基本上,多數的四縣客或海陸客,不管方言在語音、詞彙或語法方面產生何種變化,原則上他們均能清楚的分辨出四縣或海陸客語在聲調上的差異,[12]故筆者以聲調(也是以第四原則中照顧土人感為主要依據)區分四海話的類型,並以此來做為定義上的主要參照原則。[13]

四海話是臺灣客語因方言接觸而產生的一種中間帶混合語的語言現象。各地四海話或處在兼語(pidgin)、克里歐語(creole)的不同階段。(鍾榮富2006)一般認兼語是由第二語言(second language)學習者從兩種或多種不同的語言當中截合而成,在結構上盡量縮減以達到交流的目的,當兼語成為母語時(first language),即成克里歐語,結構上逐漸較兼語繁複並趨於穩定,Lefebvre對兼語與克里歐語不做區分,將pidgin與creole兩者合稱「PCs」。(Lefebvre 2004:5-6)基本上,臺灣四海話的形成是屬於結構性質非常相近的兩種「方

---

[12] 以聲調做為區分的準則,這一部分將於後文以優選制約的觀點來分析,並探討相關問題。
[13] 即使聲韻為海陸的成分,土人感仍認為以四縣為聲調的客家話即為四縣話;或即使聲韻為四縣的成分,仍認為以海陸為聲調的客家話即為海陸話。學術上,則將前述兩種分別稱之為四海話與海四話,如此分析便能照顧到土人感。

言」之間的接觸變化,演變的機制與過程或與兩種或多種語言接觸形成的兼語、克里歐語有別,大致上,四海話接觸變化後,結構系統仍較為完整,兼語、克里歐語接觸變化後則以交際溝通、結構盡量簡化為原則。以臺灣目前的四海話來說,包含接觸者、學習者或習得者(包含四海話即為母語的使用情形)從主要的四縣與海陸兩種方言當中截合而成四海話(或含弱勢方言於其中),結構上較所謂的「兼語」或「克里歐語」成熟穩定許多,音系上包含較不穩定的兼融性音系,如「雞」e(或ie)與ai韻的並存疊置;或包含較穩定的取代性音系,如「杯」i韻的消失並被ui韻取代,以上情形均屬「四海話」現象,本文以廣義的「混合語」(mixed language)來統稱,[14]此種混合語已普遍認知為臺灣新一種的客語次方言,但其語言結構的穩定性仍有待觀察。

第五節 四海話的特色與類型上的劃分

以下從音韻、詞彙語法的角度來分析四海話的特色,並以前一節提及四海話的四個原則來歸納四海話的特色,指出四海話的兩大類型及六次類型。

一、四海話的特色

臺灣各地四海話的音系、語法特色不見得都相同,一般在探討四海話時,多以四縣、海陸聲或韻完全轉換為前提,其實不然,除了對應上具有差異的會產生變化之外,另牽涉到語音演變的音理問題,因為這會導致語言產生對應以外的其他變體

---

[14] 混合語在語法結構上較兼語與克里歐語繁複。(Sebba 1997:36)

形式,如舌根塞音聲母之後,i介音存在與否,或z聲母存在與否的問題。以下從音韻、詞彙語法觀點來談。

(一)塞擦、擦音聲母及其韻母的流變

　　古音來歷為知三、章兩組的聲母,表現在苗栗四縣主要為 ts-、tsʰ-、s-,表現在新竹海陸則主要為 tʃ-、tʃʰ-、ʃ-。當原先分立的兩組聲母在共時平面相互接觸感染後,ts-、tsʰ-、s-(以A稱)與 tʃ-、tʃʰ-、ʃ-(以B稱)容易疊置使用或一組被取代。然而,這兩組聲母在拼合的韻母當中,苗栗四縣與新竹海陸對應上具差異的韻母分別為 i̯、i̯m、i̯n、i̯p、i̯t(以C稱)與 i、im、in、ip、it(以D稱)。原先不同方言的聲韻組合:A+C與B+D,在共時平面接觸感染後,成分之間呈現重新分配而導致不同組合的可能性,如:A+C、A+D、B+D、B+C,甚至出現 i 與 i̯ 之間的過渡音,因而 i 與 i̯ 在此環境之下可中立化成 i。以桃園新屋地區而言,四縣與海陸在古音來歷為知三、章兩組聲母的演變逐漸趨同,趨同的動力來自於兩股力量:一為接觸干擾的力量,新屋地區以海陸為大宗,當地四縣在海陸的干擾之下,傾向於同海陸趨同;二為內部音變的力量,基本上,客語 -i̯、-i̯m、-i̯n、-i̯p、-i̯t 等韻母與 tʃ-、tʃʰ-、ʃ- 等聲母拼合時,因聲母的捲舌成分較重,使得韻母的主要元音較易偏於齊齒韻的前高元音。由於前述兩股力量的交互作用(接觸力量為主、音變力量為輔),四縣向海陸靠攏為主要,亦即以B+D的組合類型為主流發展。

(二)i介音的流變

　　i介音的流變主要牽涉到舌根塞音聲母、四縣零聲母的齊齒韻,以及海陸部分的舌葉音聲母。

舌根塞音聲母k-、kʰ-在拼-e、-eu、-em、-ep四韻時，[e]、[eu]、[em]、[ep]分別與[ie]、[ieu]、[iem]、[iep]成混讀變體，因舌根音在拼前高元音e時，在前高元音之前往往會產生過渡音[i]，又，從另一角度來看，e本身也容易元音分裂成ie，因此，可以中立化成e、eu、em、ep。如：雞[ke¹]～[kie¹]、狗[keu³]～[kieu³]、撿[kʰem²]～[kʰiem²]、激[kep⁸]～[kiep⁸]。

四縣零聲母的齊齒韻，一方面具有零聲母的強化作用而成z-或ʒ-，但另一方面又受海陸對應的ʒ-聲母而趨同，使得原有的i介音可能產生兩種情形，一為受外來成分的ʒ-而強化，或成過渡音z-，另一為i介音仍保留在強化聲母之後。如：「雲」有[ʒun²]～[zun²]～[ʒiun²]～[ziun²]等不同的變體形式，基本上，屬於這一系列的詞（相關詞群參見賴文英2008b,c），多數均容易產生類似不穩定的變體情形；反之，處在四縣、海陸交會的海四腔也容易有類似的變化。[15]

對古音來歷為流攝尤韻開口三等字群的韻母來說，如「晝、抽、丑、周、州、洲、臭、收、手、首、守、獸、受、壽、授」，這組字在桃園新屋海陸腔中多屬舌葉音聲母，韻母可以唸成-u或-iu，與新竹海陸較同質性的-iu不同，或與新屋四縣的-u具有合流的趨勢。（反之，新屋四縣的這組韻母，少數也可兼具-u或-iu自由變體的現象，不同於苗栗四縣較同質性的-u）如「手」：苗栗四縣為[su³]、新竹海陸為[ʃiu³]、四海或海四腔則均有可能為[su³]～[ʃu³]～[siu³]～[ʃiu³]，廣義四海話的變

---

❶ 依本書其一匿名審查人的意見，四海話前高元音零聲母之濁音現象與方言接觸或個人特質均有相當密切的關係，或可參考其他客方言的記音方式而將此類聲母記為z-。

化雖為包容性,但我們也不能忽略聲母與韻母之間,因互協而導致的可能變化,亦即除了考慮因接觸而產生的變化之外,也要考慮到內、外之間相互影響的作用力。不同區域四海或海四腔,其變化方向或不一,各類變體的形式,不論從個別或不同發音人的角度來看,均可因變體類型的不同,或因變體體現在量方面的不同,而分別處在未變、變化中、已變的三種階段。

(三)各類韻母的疊置或取代

四縣與海陸腔對應上具有差異的,在接觸的過程中會產生某種程度的疊置使用或取代置換。各類韻母因對應關係或因聲韻互協而導致的變體如下:(以桃園新屋地區狹義四海話為例)

(23) **各類韻母的疊置或取代**

海陸話	四縣話	四海話	例字
-au	-eu	au～eu	朝、超、照、燒、少、紹
-iau	-eu	-iau～-eu	標、表、錶、票、苗、廟、小、笑
-ai	-ie	-ie～-e～-ai	介、界、屆、街、解、雞
-an	-ien	-an～-ien	簡、眼、奸
		-an～-en～-ien	研、圓、員、緣、院
-ui	-i	-ui	杯、肥、位、非、尾、味

基本上,A、B兩韻之間的對應會導致四海話兼具有A或B的特色,亦或A取代成B,加上前述有關i介音的音理變化,也可能產生除了A、B對應之外的第三種變體。

（四）詞彙語法現象

四海話的詞彙語法特色在於疊置並用，如華語的「明天、筷子、茄子……」等，亦或取代置換，如華語的「累、餓……」等。例舉如下：（以桃園新屋四海話為例）

(24) 四海話的詞彙語法[16]

華語義	明天	筷子	茄子	蘿蔔	（累）	餓	倒茶
四縣	天光日	筷仔	吊菜	蘿蔔仔	k^hioi^{55}	飢	斟茶
海陸	韶早	箸	茄仔	菜頭	t^hiam^{24}	枵	淳茶
四海	天光日～韶早	筷仔～箸仔	吊菜～茄仔	菜頭	t^hiam^{31}	枵	淳茶
華語義	下雨	花生	粥	添飯	話	飯	我的
四縣	落雨	番豆	粥	添飯	fa^{55}	fan^{55}	$ŋa^{24}$
海陸	落水	地豆	糜	裝飯	voi^{53}	p^hon^{33}	$ŋai^{55}$
四海	落水	地豆	糜	裝飯	fa^{55}～voi^{24}	fan^{55}～p^hon^{55}	$ŋa^{24/55}$～$ŋai^{24/55}$

[16] 四海的ŋai24可能是受到區域方言自身的變化而類推形成的，因為當地四縣與海陸第一人稱的領格變化，均傾向於朝ŋai24而變。有關四海與海陸ŋai24的來源，亦可參見本書第三章與第六章的相關討論，亦或擴大與原鄉海陸的比較，看這種現象是否真如第六章所說的，為一種語言普遍存在的小稱音變現象。

第四章　臺灣的四海話

華語義	洗澡間	韭菜	鼻子	耳朵	柿	含羞草	和,把,將[17]
四縣	浴堂	快菜	鼻公	耳公	tsʰɨ⁵⁵	見笑花	同
海陸	洗身間	韭菜	鼻孔	耳孔	kʰi¹¹	詐死草	摎
四海	洗身間	韭菜	鼻孔	耳孔	kʰi⁵⁵～tsʰɨ⁵⁵	見笑花～詐死草	摎～同～將

華語義	口水	燒香	湯圓	南瓜	身體	「仔」
四縣	口瀾	點香	惜圓～雪圓	番瓜	圓身	e³¹
海陸	口水	燒香	粄圓	黃瓠	蕪身	ə⁵⁵
四海	口水～口瀾	燒香	粄圓	黃瓠	蕪身	e³¹～ə³¹

　　以客語三身人稱領格的語音現象來說,苗栗四縣分別為：ŋa²⁴、ŋia²⁴、kia²⁴；新竹海陸分別為：ŋai⁵⁵、ŋia⁵⁵、kia⁵⁵。但第一人稱領格的語音現象,四海或海四腔卻容易呈現不協調的變化,三身領格分別為：四海ŋa²⁴/ŋai²⁴、ŋia²⁴、kia²⁴；海四

---

[17] 四海話的「將」似乎與帶有「順便」之「續」字具共現關係,如：「將碗續洗洗 a le」(順便把碗洗一洗),「將」字扮演的功能卻逐漸朝「同」或「摎」合流,如：「將這東西抨忒」(把這東西丟掉),句意上等同於：「同(摎)這東西抨忒」。

97

ŋai²⁴/⁵⁵/ŋa²⁴/⁵⁵、ŋia⁵⁵、kia⁵⁵。這一部分的語言現象幾乎採完全包容性,唯獨聲調仍是辨別四縣與海陸兩種方言的依據。

另外,對於小稱詞,臺灣客家話的小稱標記大致可分為三種類型:[18]「子」、「仔」與小稱變調。[19]各地客語次方言大致均有「子」的用法,亦即多用在指稱動物的後代;[20]「仔」的語音在四海話的區域中,則容易呈現四縣「e」與海陸「ə」的混用情形,混用程度不一,如張素玲(2005)新竹關西的客家話、鄭縈(2007)新竹新豐與南投埔里的客家話、賴文英(2008b)桃園新屋的四縣客家話等。

二、四海話的類型

雖然各地「四海話」正處在不同的類型與變化之中,但以聲調分主要有兩大類型:四海話與海四話,各類型之下依聲、韻、調不同的組合,再各分成三種次類型,亦即共六次類型:A-F,兩大類型之下各另有三種可能的音變方向,如下所示:(變項x表四縣、變項y表海陸)

---

[18] 有關「仔」的用字問題,黃雪貞(1995)、葉瑞娟(1998)均採用「兒」字。客語小稱詞本字是否為「兒」仍有爭議,因為這牽涉到漢語方言小稱的來源問題,本書暫以「仔」表示。語言之間具有類同的小稱語意演變,但卻不一定為同源關係,就漢語方言有眾多的小稱語音形式來看,語音形式之間是否具有相同的來源仍有待進一步探究。有關東南各地小稱詞為單源還是多源的爭論亦可參見曹志耘(2001)。
[19] 此類小稱變調類型通常以臺中東勢腔為代表。
[20] 賴文英(2008b)將不具有泛化現象的「子」稱之為類小稱詞。

⑵ **四海話的類型與音變方向**

廣義四海話類型[21]		調	聲	韻	音變方向類型（x、y分表四縣、海陸音類語法）
四海話（狹）	A	四縣	四縣	海陸	①x→x, y
	B		海陸	四縣	②x→x, y→y
	C		海陸	海陸	③x→x, y→x
海四話（狹）	D	海陸	海陸	四縣	①y→x, y
	E		四縣	海陸	②y→x, y→x
	F		四縣	四縣	③y→x, y→y

各地廣義「四海話」反映在結構上大致具有兩種特色：

（一）以四縣為聲調系統，但在其他方面（含語音、詞彙、語法）則大部分包舉海陸的系統，顯現區域中的海陸腔較為優勢，但聲調系統較為固守（四縣與海陸聲調大致相安），同時有兩套並存的音韻系統（coexistent phonemic systems）（含詞彙、語法），一套是相對弱勢的四縣，另一套是相對優勢的海陸，兩套系統競爭，成疊置或取代不等。

（二）以海陸為聲調系統，但在其他方面（含語音、詞彙、語法）則大部分包舉四縣的系統，原本較四縣多餘的系統則與其他系統歸併，顯現區域中的四縣腔較為優勢，但聲調系統一樣較為固守（四縣與海陸聲調大致相安），同時有兩套並存的音韻系統（含詞彙、語法），一套是

---

[21] 從本書的分析當中，廣義四海話的次類型應不只六種，例如在聲、韻相配的情形下，而產生的其他音理變化，以及海四腔應該包括海陸聲調陰去、陽去混雜的情形，還包括極少數入聲韻的陰陽入混，在此，我們在劃分類型時先忽略細部的變化。

99

語言變體與區域方言

相對弱勢的海陸,另一套是相對優勢的四縣,兩套系統競爭,成疊置或取代不等。

從音變方向來看,x、y競爭時可能產生x、y疊置並存型,或x取代成y型或y取代成x型,亦或是競爭後仍維持原來的x型或y型。問題是,此種疊置並存型可以持續多久?正常之下它應該是一種演變中的過渡階段,可不可能在x、y時就中斷演變的方向,而形成短暫的疊置,最後消失?以臺灣的母語及母語教育情形,我們不敢妄下定論,這問題只能留待時間來檢驗。從上述兩種類型來看,x、y在不同的區域當中具有強弱之分,亦或是以上三種音變的方向視各類變體的發展或同時並存成區域方言中的特色。

第六節　四海話與優選制約

前面先瞭解各家對四海話的定義及其衍生的問題,之後再從四項原則來定義四海話,以瞭解各地四海話普遍性的音系、語法特色,接下來便要從優選制約的觀點來說明各地四海話的共時音變現象。在此先大致介紹優選論的觀點。

「優選論」(Optimality Theory,OT)是一個以制約(constraints)為本的理論架構,不同於以規則為本的生成音系學。其主要精神在於,對語言間的類型變化,主張是透過對普遍性制約條件的不同等級排列表現出來的,且某些普遍原則可以違反,進而篩選出最優的一個形式。其中,有兩種主要的制約相互作用並競爭著:忠實性制約(faithfulness)與標記性制約(markedness)。基本上,在優選理論的架構之下,語言

均具有普遍性與可違反性的制約,可違反性的制約即形成語言的特殊性,而語言或方言之所以具有差異性,是在於語言或方言間對相同的制約但卻各自採取了不同的等級排列。其輸入項與輸出項映射關係的基本架構,如下所示:(Kager 1999)

(26) **優選理論的基本架構**

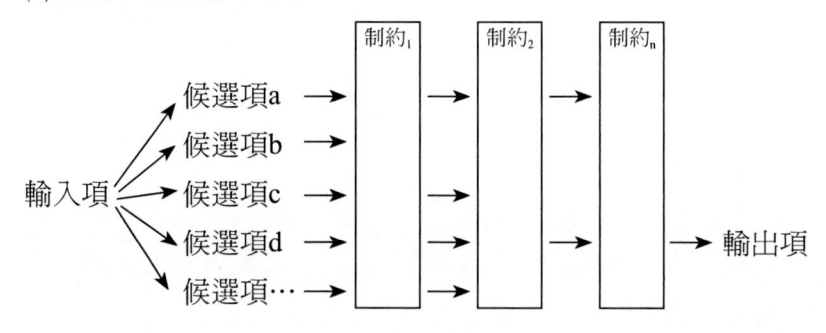

```
                    ┌─────┐   ┌─────┐   ┌─────┐
           候選項a →│制約₁│ → │制約₂│ → │制約ₙ│
           候選項b →│     │   │     │   │     │
  輸入項 ⟨ 候選項c →│     │ → │     │ → │     │ → 輸出項
           候選項d →│     │   │     │   │     │
           候選項…→│     │   │     │   │     │
                    └─────┘   └─────┘   └─────┘
```

　　從優選制約的觀點,我們無法以較完整的制約模式來解釋各地四海話不同的音變現象,若四海話的變體繁多時,則難以優選制約的模式來篩選出最優選項,雖如此,我們仍能透過較高層級的制約模式來說明為什麼會形成四海話,以及各地四海話形成的普遍性規律與方向。

　　各地四海話的語言特色其實大同小異,但同一語言變體數多不多?因我們無法以較好的各種田調方式去採集到更多的語料,尤其自然語料的呈現往往更能反映出語言的真實性。田調的當下通常只能採集到一種語言形式,若非長期以同字多音的採集方式,則較難為實際的語音現象下定論。以南、北部的四海話來論,鄧盛有(2000)採集桃、竹地區的平鎮、楊梅、關西、峨眉、頭份、南庄等六個地點共17種類型的四海話,似乎

較不屬於自由變體的語音形式,而是一人一時一地一字之音,類型上,包含聲、韻或詞彙方面組合上的不同,非屬完全包舉式的四海話(包舉式的指聲調為四縣但聲韻完全為海陸);黃怡慧(2004)在探討南部海四話時,也不是屬於自由變體的語音形式。臺灣四海話的異同,大致上可以從音節結構的聲、韻互動來看,聲調扮演較為「穩固」的成分,[22]較不容易變動。以上述學者的語音形式來看,變體較有可能出現在不同的發音人或不同的字詞之中,賴文英(2008b)在探討桃園新屋四海話的語言變體時,基本上,變體會出現在同一發音人的同一字或字群之中。即使各地四海話的調查方式不同,呈現出的語言特色也不同,但我們仍能透過優選制約的觀點來看出臺灣各地四海話的異同現象。

　　鍾榮富(2006)從優選理論的架構試圖解釋臺灣四海客家話形成的規律與方向,在論證的過程中卻似乎存在一些矛盾點,不過,鍾文出了一個值得探討的議題,究竟臺灣四海話的形成是透過何種制約模式來產生?本書以此為出發點,試理出廣義四海話形成的共同制約性,同時亦可為狹義的四海話與海四話做區分。基本上,鍾文站在母語背景者的立場,從優選觀點分析四海話,但這樣卻會導致聲、韻或調不同制約等級的排列,但最終卻呈現出同一類型的四海話現象。本書站在土人感兼具雙方言能力的立場,不去區分發音人的母語是四縣或海陸話,因為不管母語為何,都有可能產生同一類型的四海話現象,因為四海話的形成是發音人以「聲調」制約排在最高層級之下而產生的,也就是「聲調」對雙聲帶人士來說是最易學習

---

[22] 這是從發音人有能力選擇聲調的立場來論。

或習得的成分,其原理不同於第二語言的學習者較無法完全掌握聲調的學習情形,故而本文從語言當中更為普遍性的優選制約來分析四海話。

　　首先,鍾文依據自主音段理論(autosegmental phonology)說明聲調自主於另一個獨立的面向,因而指出:「這種只保持聲調的現象絕非四海客家話的特色」,並以「第二語言學習上聲調無法完全的掌握」來印證其說法;又,作者從優選理論的觀點,認為「聲韻為四縣,調為海陸」的語言現象為:「**以海陸為母語的人士在接受四縣客家話之時,由於語法內部的制約之中的聲調忠實制約所排的層次比較高,因此是海陸人士保存了海陸的腔調。**」又「聲調為四縣,聲韻為海陸」的語言現象為:「**原本講海陸客家話的人在語法裡把聲母及韻母的忠實性排在最高的層次。**」也就是說,作者從「母語」的立場出發,當在說不同類型的四海話時,依作者所言有五種類型的四海話,[23]加上兩種不同形式的母語,便可能有十種聲、韻、調不同組合的忠實性制約排列,故而鍾文已經預設說話者的母語為何而說另一次方言,其解釋方式可能不符合語言的普遍現象,並且導致繁複的制約等級排列。其母語、四海話、制約三者至少有如下四種基本的關係:

(27) **鍾文的詮釋之一**

　(a) 母語為海陸→接受四縣話時→聲調的忠實性位階較高→保

---

[23] 這五種類型分別為:(a)聲韻為四縣,調為海陸;(b)聲韻為海陸,調為四縣;(c)聲母為四縣,韻母及聲調為海陸;(d)聲及調為四縣,韻為海陸;(e)聲母為海陸,韻及調為四縣。若依鍾文對四海話的定義,應具有第六種類型,即:聲及調為海陸,韻為四縣。實際的語料也找得到四海話的第六種類型。但這也有可能依區域而呈現出不同的類型。

存海陸的聲調（從本文定義為狹義的海四話）
(b) 母語為海陸→接受四縣話時→聲韻的忠實性位階較高→保存海陸的聲韻（從本文定義為狹義的四海話）

(28) **鍾文的詮釋之二：**

(a) 母語為四縣→接受海陸話時→聲調的忠實性位階較高→保存四縣的聲調（從本文定義為狹義的四海話）
(b) 母語為四縣→接受海陸話時→聲韻的忠實性位階較高→保存四縣的聲韻（從本文定義為狹義的海四話）

　　的確，四縣和海陸交會時基本上會有上述的四種情形，但卻呈現了矛盾點，且不能較好解釋語言的普遍現象，亦即當表層現象出現相同語音類型的四海話時，如之一b與之二a，為什麼會呈現出聲韻與聲調制約等級排列的不同？（之一a與之二b的情形亦如是）依鍾文分析，四海話會因發音人母語不同而產生位階排列的不同，但本書認為發音人不會因其母語不同而有不同的位階排列，故主張「聲調」在四海話當中的位階是最高的，非如鍾文所示，有時聲調位階較高，有時聲韻位階較高，取決於不同的母語條件所致。事實上，有些四海話的語言現象是無法以「母語條件」來論的，當我們不知發音人的母語為何卻說出所謂的「四海話」時，我們如何去界定「位階」的問題？尤其當發音人的母語即為廣義的四海話時，更遑論制約的位階排列了。本書傾向從「四海話」、「海四話」的類型觀點來分析，不論其結果為何，以語言的普遍原則來說，優選制約的位階排列應該都要滿足同為「四海話」或同為「海四話」的語言現象（或依作者所言，應滿足同為四海話的五種類型，甚

或六種類型的情形）。以下為廣義四海話的六種類型：

⑵⁹「豬仔」（豬）為例的四海話情形

四海話	語音1	語音2	語音3	母語
A（四縣聲調）	tʃu^{24} ə^{31}	tsu^{24} ə^{31}	tʃu^{24} e^{31}	四縣、海陸或
B（海陸聲調）	tsu^{53} e^{55}	tsu^{53} ə^{55}	tʃu^{53} e^{55}	四海均有可能

　　上例若依鍾文主張，即無法解釋何者制約應位在較高的層級，因而必須尋求發音人的母語為何才能定出制約關係。然而，不論其母語為何，依土人感，A型均視為四縣話的一種，或為四縣話的一種變體（即本文所謂狹義的四海話）；B型均視為海陸話的一種，或為海陸話的一種變體（即本書所謂狹義的海四話）。本書主張，無論四海話或海四話均把聲調制約置為最高層級，四海話把四縣聲調置為最高層級，海四話則把海陸聲調置於最高層級。即本書主張聲調的忠實性制約在廣義的四海話中是排在最高的層級，也因此才會形成四海話的兩種狹義類型：四海話與海四話。首先，我們在定義四海話時，其一原則是和語言使用者的雙聲帶有關，因此，當一位人士在我們不知其母語背景的情形之下，若說出了四海話或海四話時，通常無法準確猜測出發音人的母語，就算在同一區域發音人的母語分別為四縣或海陸時，他們所說的四海話（聲調相同的情形之下）原則上容易趨於同一類型，既是同一類型的四海話，就應具有相同的制約層級。當然，對於那些在方言轉換時可能「說不標準」的，尚無法成為成熟的四海話，因為四海話已傾向成為一種新的客家話，或從母語習得而來，也或從另一方言的系統性影響而來，亦或以第二語言（此處為相近的方言系

統）長期學習而來。因此本書的主張如下：

(30) **本書對廣義四海話的優選分析**

母語為四縣或海陸時→不管說四縣或海陸話時→聲調的忠實性位階較高→選擇四縣或海陸的聲調，但聲或韻變（依本書定義，選擇四縣聲調的為狹義的四海話，選擇海陸聲調的為狹義的海四話，二者同為廣義的四海話）

也就是說，「聲調」在語言接觸區的雙聲帶語言中最容易學習或習得，也就是語言使用者將聲調認知為固有的，亦即聲調對雙方言者而言，是較不容易受到影響而產生變化的（不同於外語學習或第二語言學習的情形），但相對來說是較容易轉換的。因為不管是四縣人說四海話，或四縣人說海四話，亦或海陸人說四海話，或海陸人說海四話，在土人感的認知當中，無論對聽者或說話者而言，他們所說的分別就是四縣話（四海話）或海陸話（海四話），甚至不知說話者的母語原為四縣或海陸，而這種認知也是符合語言普遍的事實。為什麼會說出四海話或海四話？是因聲或韻與另一方言產生趨同的變化，因此對說者與聽者或雙方言使用者來說，聲調是固守不易產生變化的，而聲與韻才是較容易在不知覺的情形之下發生轉移或變化的成分。四縣或海陸話中，誰才是第二語言？我們從實際的例子當中根本無法也不用去做判斷，因為會有三種情形：（一）發音人的母語雖為四縣話，但在海陸話的影響之下逐漸成為四海話，反之亦然；（二）發音人的母語為海陸話，但在說四縣時成為四海話，反之亦然；（三）發音人的母語就是四海或海四話。今將關係整理如下：

(31) **母語背景與四海話形成的可能組合性**

母語背景	四海話（四縣聲調）	海四話（海陸聲調）
A. 四縣	講四縣時（以聲調為主），受海陸聲韻影響而成四海話	講海陸時（以聲調為主），受自身系統聲韻影響成海四話
B. 海陸	講四縣時（以聲調為主），受自身系統聲韻影響成四海話	講海陸時（以聲調為主），受四縣聲韻影響而成海四話
C. 四海（廣義）	四海（狹義四海話）	海四（狹義海四話）
D. 四海（廣義）	海四人講四海話時成四海話	四海人講海四時成海四話
E. ?（不知或其他）	四海（狹義四海話）	海四（狹義海四話）

　　鍾文或解釋了A、B兩種情形，卻無法解釋C、D、E三種情形，且發音人基本上能掌握四縣聲調或海陸聲調，「聲調」扮演語言認知的關鍵性，所以不管發音人是受海陸或自身系統的聲韻影響，對他們來說，他們要講的是「四縣話」（亦即四海話），「聲調」均為最高層級的制約。之所以形成狹義的四海或海四話，主要是受到另一方言或自身系統的聲韻影響，才產生四海或海四話，對土人感來說，那是道地的話，而不是屬

於第二語言學習上轉不過來的話,[24]故而上述情形不同於第二語言（尤其是第一外語）學習的情形。所以，對於「第二語言學習上聲調無法完全的掌握」，其情形和四海話是因一方言長期受另一優勢語接觸干擾而不知不覺產生的語言轉移情形，兩者非屬於同一情形，就如同一個中、小學生甚或大學生，在美國定居了很長的一段時間，其口音必定不同於在國內以第二語言學習時，產生聲調或口音上的問題，更何況四縣與海陸同屬於客語，算是非常相近的次方言，在長期的相處之下，方言間容易自由轉換而無阻礙（但這裡的轉換指的是聲調方面有知覺的自由轉換）。也如同不少客家人士會說流利的閩南話，部分客家人說的閩南話或可聽出有一種不同於閩南話的腔調，但也有部分客家人在說閩南話時，是完全聽不出來與閩南話腔調上的差別，剛開始或以第二語言學習的心態來說閩南話，但閩客雜處久後，閩南話已經成為某些客語人士的雙聲帶之一。雙聲帶人士說的閩南話當中，聲、韻、詞彙或仍可見少數客語的影子，但影響不大，一般人也聽不出差異性，臺灣「福佬客」的形成亦可為證。對具有雙聲帶的土人感來說，「聲調」是各語言當中最固有的成分。

故而聲調的忠實性制約在廣義的四海話中位在最高層級，土人感（不論母語為四縣或海陸）以此判別為四縣客語或海陸客語，此時輸入項的聲調調值應與輸出項的聲調調值相同，通

---

[24] 有些四海話的形成確實存在「轉不過來」的情形，如母語為四縣的發音人在說海陸話時成為海四話，或受本身母語影響，聲、韻有些轉不過來仍維持四縣的，但聲調其實也轉不過來，但又非原母語四縣的聲調，原則上，土人感還是會認為那是海陸話，只是說的「不好」。（反之四海話亦有此情形）這是聲韻調可能同時轉不過來的情形，這種情形，暫且視之為不成熟的四海話。本書討論的以發音人能流利說四海或海四話為主。

常不可違反；[25]而聲韻制約在四海話中則位在較低的層級，不管母語為何，一旦說四縣客語或海陸客語，輸入項的「聲」與「韻」應不完全等於輸出項的「聲」與「韻」。輸出項的聲韻可容許違反，此可從兩點來分析：（一）四縣與海陸聲韻對應相同的，此時輸入的聲韻同於輸出的聲韻，無所謂違反；（二）四縣與海陸聲韻對應不同的，要求聲或韻其一違反，亦或二者均違反，由此形成狹義的四海話或海四話聲韻方面的特色。

我們從共時層面的優選觀點說明臺灣四海話的異同現象，聲調的忠實性制約在廣義四海話中應位在最高層級，除可包容狹義「四海」或「海四」在類型上的一致性之外，也照顧到土人感，以及呈現普遍的語言現象。

第七節　結語

四海話隨著研究地域的擴大，而處在不同的演變規律與方向之中，本章提出定義的擴充修正原則、通行腔的方言接觸原則、排除語碼轉換原則、土人感原則等四項原則，對廣義的四海話做一定義，同時區分狹義四海與海四話的類型定義，並以土人感雙聲帶的立場出發，從優選觀點來說明臺灣四海話的異同現象，以此呈現普遍的語言現象。

臺灣四海話的使用者，包含接觸者、母語使用者、學習者

---

[25] 我們在調查當中發現，海陸腔陽去[33]與陰去[11]的音值常呈現不穩定，又海陸與四縣（或海四與四海）少數的入聲字會陰、陽入混（參見賴文英2004a），如此則可能產生聲調方面的違反，但整體而言，這些聲調的變化並無損於音系本身的聲調系統，雖陽去、陰去混，但仍能識別出為海陸腔，又雖陰、陽入混，但只是少數字，並不動搖原有音系（指海陸與四縣）的聲調系統。

或習得者。音系、語法結構上雖包含較不穩定的兼融性音系，但整體結構還是較為成熟穩定，另外也包含較穩定的取代性音系，這些均屬「混合語」現象。此種混合語已普遍認知為臺灣新一種的客語次方言，其語言特色在於融合海陸與四縣的聲韻、語法，形成疊置使用或取代置換等不同的變體形式。除了對應上具有差異的會產生變化之外，另牽涉到語音演變的音理問題，因為這會導致語言產生對應以外的其他變體形式。四海話在類型上，以聲調分主要有兩大類型：四海話與海四話，各類型之下依據聲、韻、調不同的組合共有六種次類型。本書亦從優選觀點探討臺灣四海話的異同性及其共同的制約層級，認為不論母語為四縣或海陸時，雙語人士均流利於四縣或海陸，是因聲調的忠實性位階較高，故而選擇四縣或海陸的聲調，但聲或韻變（此處的「變」是站在發音人的立場來論，因說「四縣」時，原應要聲韻調一致，若聲或韻非典型的「四縣話」，則為學術上指稱狹義的「四海話」現象，反之「海陸」與「海四話」的關係亦然），由此形成所謂的四海話。從優選觀點說明「聲調」無論在廣義的四海話或狹義的四海、海四話當中，均扮演最高層級的制約，此符合四海話定義中的土人感原則，亦符合普遍的語言現象。

第五章
臺灣海陸客語高調與小稱的關係

　　臺灣新屋區域方言中海陸客語的小稱詞，存在著不同形式的小稱變體，對於小稱變體的來源為共時現象亦或歷時現象？以及不同的小稱變體是如何形成的則存在了許多問題，本章即站在漢語方言與跨語言的高調理論來分析高調的小稱表現。除前言、結語外，另分三節：第二節：小稱詞的界定；第三節：新屋海陸客語小稱的語音形式；第四節：小稱表現的不對稱性與高調關係。[1]

第一節　前言

　　漢語方言的小稱詞，凡合音變調型的，多以高平、升調為多。平田昌司（1983）主張在眾多的漢語方言中，小稱變音分布得最廣泛、也佔最多數的是高升、高平調，雖也有降調（以高降為主），但只是少數。此外，Ohala（1983、1984、1994）主張一種高調理論，包括高調與弱小間具有討好的相關性，且高調與細小親密之間具有一種生物學的關係，而這種關係不但跨語言、甚至跨物種而使用高調。朱曉農（2004）進而將此理論應用在小稱變調多種形式（高升、高平、超高調、喉塞尾、嘎裂聲、假聲等）、以及不同功用（從親密到輕蔑）的

---

[1] 本章初稿以〈高調與小稱：臺灣海陸客語小稱變調的形成與演變〉發表於2009年第一屆臺灣客家語文學術研討會論文。桃園：國立中央大學。後修改以〈臺灣海陸客語高調與小稱的關係〉刊登於《漢學研究》（2010）28.4：295-318。並感謝兩位匿名審查者所提供的寶貴意見，論文如有疏漏之處應由本人負責。

解釋。朱認為東南方言的變調小稱，以高平或高升為多，進而主張小稱音的高調現象有著「共同的來源」，但此處非指共同的歷史來源，而是指相同的生物學原因，猶如作者文章題目所示：〈親密與高調〉，其理據是出於由憐愛嬰兒所產生的聯想。「小稱高調」似乎有著非歷史方面共同的來源，並成為漢語方言小稱合音變調主要的趨向。

臺灣客語四縣腔與海陸腔的小稱表現不同，[2]語音上四縣為「e^{31}」、海陸為「ə^{55}」，[3]位於桃園新屋的海陸腔小稱詞，其語音形式則具多樣化的面貌（見本章第三節），這多樣性的小稱變體則可解釋本章的主張，即臺灣海陸客語部分語詞不帶有小稱形態，其實也走向小稱高調理論的語音現象，也就是說在基本調為高調時（含HH、MH、H三種），原具有小稱形態的小稱音已節縮至詞根的基本調之中，其他的基本調也趨向於高調理論的現象。以桃園新屋海陸腔的小稱詞來說，相較於四縣具有三大特色：（一）小稱語音與形態形式的體現較不一致；（二）小稱詞若以形態的分布來看，四縣腔小稱詞的數量較海陸腔為多（一般多認同此項看法），但若以小稱音的分布來看，海陸腔小稱詞的分布則較四縣腔更廣；（三）大部分語詞當中的最末詞根傾向以高調結尾表小稱，並逐漸失去小稱形態。其中第二點特色與新竹海陸腔小稱詞相同，第一、三點特色在新竹海陸腔的表現，語音上亦為高調但多為相同形式的「ə^{55}」。本章將對此三點論證。以四縣「狗仔」、「禾仔」、

[2] 臺灣客語通行腔有兩大腔調：指稱四縣時，所指以苗栗四縣為主，指稱海陸時，所指以新竹海陸為主。本章除另說明外，指稱海陸的一般現象時，含括新竹海陸與桃園新屋海陸。

[3] 四縣[e^{31}]與海陸[ə^{55}]均為成熟的後綴，用字方面，多以「仔」為其訓讀字，其本字為何或有無本字，仍有待考察。

「鵝仔」為例，新屋海陸同一發音人往往具有「狗、狗$_{仔}$、狗仔」、「禾、禾$_{仔}$、禾仔」、「鵝、鵝$_{仔}$、鵝仔」[4]等不對稱性的小稱表現，因而語音上也不似四縣具有同質性的表現。本章主張海陸「狗、禾、鵝」這一類基本調為高調的語詞，其深層結構具有「X＋仔」的小稱構式，[5]後因語流音變與小稱的高調理論而致使表層聲調與基本調產生相同的「X」形式，其語音特色在於調值為高調（含高入、高平與升調），並帶有小稱音。

第二節　小稱詞的界定

所謂「小稱詞」（diminutive），本文參照平田昌司（1983）、Jurafsky（1996）、連金發（1998）、曹逢甫（2006）、曹逢甫與劉秀雪（2008）等人對小稱的看法，從小稱的語意演變、詞法功能兩方面，將本章的「小稱」界定如下：

（一）小稱的語意演變，基本上是由帶有「小」意的「兒子」演變成「指小」，之後再演變成「純形態」的語法範疇，這部分以閩南語的「囝」[6]→「仔」為典型，如「囝」（兒子）、「豬仔」（豬）、「豬仔囝」（小

---

[4] 以「禾、禾$_{仔}$、禾仔」為例，發音人認為「禾」不帶有小稱詞，但同一發音人時又認為帶有小稱音「禾$_{仔}$」，音高較前者拉得長或高，同一發音人也可能發出帶有明顯後綴形態的小稱詞「禾仔」。本書發音人含多人，多為當地土生土長的海陸腔人士，語料則以AA65與AA47兩位為主要。

[5] 小稱詞語音或語意的演變常循語法化途徑，此處借用「深層結構」是站在歷時層面來說的，不同於語音或句法的共時層面。

[6] 閩南語「仔」的本字經考證為「囝」。相關研究參見連金發，〈臺灣閩南語詞綴「仔」的研究〉，黃宣範編，《第二屆臺灣語言國際研討會論文選集》，（臺北：文鶴出版有限公司，1998），頁465-483；曹逢甫、劉秀雪，〈閩南語小稱詞的由來：兼談歷史演變與地理分布的關係〉，《聲韻論叢》11(2001.10)：295-310。

豬）。小稱的語意通常具有如下的演變過程（參見曹逢甫2006）──A：兒子、女兒→B：動物的後代→C：植物細株→D1：細小物體、D2：親屬稱謂（尤指晚輩或年輕者）、D3：身體部位與器官→E1：帶感情色彩（暱稱、蔑稱等）、E2：特指（對照組中之小者，如房子中之冥房）、E3：專指（一類事物中之小者，如小豆專指黃豆）、E4：名物化標誌、E5：表輕微弱小之形容詞、副詞或動詞，尤其是其中牽涉到重疊詞者。小稱隨著語言普遍的發展，語詞本身不見得仍具有「兒子、女兒」的意義，不過，卻能構成「兒子」或「女兒」的後綴成分，如客語「仔」（兒子）、「妹仔」（女兒）。

（二）小稱在詞法方面，或具有辨義作用，如客語「阿舅仔」（小舅子），「阿舅」（舅舅），兩者在輩份上指涉不同；或具有轉換詞類的功能，如「釘仔」（釘子，為名詞），「釘」（釘，為動詞）；亦或為純造詞功能，如「凳仔」（椅子）、「雞仔」（雞），以純造詞功能來看，其構詞能力很強；此外，小稱也可為重疊詞的後綴成分，如「輕輕仔」（稍微輕輕的）、「略略仔」（稍微的）。

（三）當小稱仍帶有表小意時，通常會有相對的指大詞或通稱詞，如客語「阿舅」相較於「阿舅仔」為指大詞；而當小稱不具表小意時，通常會有相對的指小詞，如「凳仔」（椅子）與「細凳仔」（小椅子）、「凳子」（小小椅子），或「遮仔」（雨傘）與「細遮仔」（小雨傘）、「遮子」（小小雨傘），亦或另有相對的指

大詞,如「大凳仔」(大椅子)、「大遮仔」(大雨傘)。[7]

雖然漢語方言的小稱詞,在語音、形態、意義上或多有差異,但大致具上述三點特色,且多數漢語方言小稱詞在大部分的詞彙當中已不具「小稱」意,但仍統一以「小稱詞」稱之。四縣客語的小稱詞,常見為[e³¹],屬上聲調;海陸客語則為[ə⁵⁵],屬陽平調,後者在時間的推演下,小稱形態與語意方面均有逐漸消失的傾向,語音同時也產生變化,因而本章界定海陸腔的小稱詞時,亦以上述三點特色為依據,但小稱語音的變化將扮演識別小稱的關鍵,小稱語意與形態的變化將為參考的依據。[8]

第三節　新屋海陸客語小稱的語音形式

為顧及音變可能的來源,並兼顧各類變體產生的可能,本節不以音位化的觀點來歸類小稱,同時以桃園新屋海陸腔小稱詞的語音形式為例,說明新屋海陸客語小稱的語音形式兼具新竹海陸的ə、新屋四縣的e,以及不同形式的疊韻型與變調型小稱等等。在多樣性的變體當中,小稱音的共同特徵為具有高調的徵性。

---

[7] 不同區域的客語次方言或對「凳子」、「遮子」的認可度不一。
[8] 新屋海陸小稱詞的演變到後來的發展以語音為主,並有小稱變調的傾向,為避免小稱變調與單字基本調混淆,以「仔」下標表變調型小稱,表示小稱音已節縮至詞根音當中,如指稱動物的狗「狗仔」與表生肖的「狗」表層音或可相同,但實際的深層結構卻不同。

以下先瞭解新屋海陸客語的三種小稱類型：一、疊韻型；二、變調型；三單音節後綴型。各類之下或再分次類。[9]

一、疊韻型

疊韻型小稱，主要以疊韻方式構成詞幹的後加成分以表小稱，疊韻的範圍主要是最末詞根的主要元音加上韻尾（相當於韻基）。舉例如下：（以下分別以韻基為單元音、雙元音、鼻音韻尾、入聲韻尾等四類來舉例）

(10)

車仔	tʃʰa^{53} a^{55}	（車子）
布仔	pu^{11} u^{55}	（布）
倈仔	lai^{33} ai^{55}	（兒子）
包仔	pau^{53} au^{55}	（包子）
凳仔	ten^{11} en^{55}	（椅子）
釘仔	taŋ^{53} aŋ^{55}	（釘子）
鐵仔	tʰiet$^{5>2}$ et^{5}	（鐵）
藥仔	ʒiok^{2} ok^{5}	（藥）

疊韻型當中，若小稱詞略去則意義不同，[10]如「車」、「包」、「釘」為動詞，「布」、「倈」、「凳」、「藥」

---

[9] 本節的小稱變體均有可能產生於同一發音人（但以海陸為母語的發音人，原則上較少出現後綴「e」型），三大類型基本上可歸為不同的層次類型，各類型下的次類則歸於自由變體。至於類型或次類劃分的依據則考量各種漢語方言小稱詞的類型、PRAAT語音軟體的分析，以及新屋海陸客語小稱詞本身顯現的不穩定性變體而定。參見賴文英，「區域方言的語言變體研究：以桃園新屋客語小稱詞為例」，（新竹：國立新竹教育大學臺灣語言與語文教育研究所博士論文，2008）。

[10] 少數陰入字（高入調），如「鐵仔」=「鐵」為例外。詞根為高入調時，可不接小稱詞而形成有意義的詞，這部分占少數，大部分仍以後接小稱詞為主。或許這和本章探討單字調為高調時，詞本身帶有小稱音的主張有關。

則純為單字,多半不具意義。韻基為雙韻者,主要元音容易弱化,如「包仔」[pau^{53} au^{55}]→[pau^{53} əu^{55}]。詞根後接小稱詞時,應遵循海陸腔的連讀變調規則,**11**這部分以陰入變調為主,如「日」[ŋit^5]的單字調為高入,後接小稱詞時則為「日仔」「ŋit$^{5>2}$ it^5」;但高入調的詞亦可不接小稱詞,此時詞根仍保持高調(亦為本調),同時亦為有意義的詞彙,如「鐵」[tʰiet^5]等同於[tʰiet$^{5>2}$ et^5](鐵);詞根為低入時,則不會形成與「鐵」等同的小稱調,如「藥」通常不構成有意義的詞,具有小稱詞的「藥仔」才是有意義的詞。

當韻尾為-p或-m時,不容易產生等同的疊韻型小稱(即不容易重疊詞根的VC部分而形成後綴式小稱),**12**音理上,因發音的省力原則,口腔唇形無法及時做閉→開→閉的費時動作,故詞根為合唇入聲尾時,易弱化成喉塞音-ʔ,以方便接下來的小稱音能及時發出,但-p並不消失,而是出現在音節經過重新分析的詞根之末,此時喉塞音成為小稱詞當中的過渡音性質,為詞根與小稱詞節縮成單一音節前的中間過渡階段。只是,喉塞音在音節當中應歸為詞根第一音節之韻尾或詞根第二音節之韻頭則是兩可性的,如「葉仔」(葉子)可為[ʒiaʔ^{22}ap^5]或[ʒia^{22}ʔap^5],甚至也有可能同時歸屬於前或後:[ʒiaʔ^{22}ʔap^5],由於語流之中語音的不穩定性,實不容易靠聽感或聲學來斷

---

❶ 海陸腔的變調規則主要有兩條:(1)上聲變調:上聲(中升)在任何聲調之前,上聲讀成陽去(中平);(2)陰入變調:陰入(高入)在任何聲調之前,陰入讀成陽入(低入)。

❷ 韻尾若為合唇輔音-p或-m時,不會產生等同的疊韻型小稱(即重複詞根韻的VC部分),從音理來看,這和鍾榮富(2001:116-117)主張客家方言中普遍具有「唇音異化」的原則,道理似乎相通。但以平行性演變的角度來看,-m、-n、-ŋ均容許以較「慢讀」的方式延長,-p、-t、-k則否,說明-m、-p的情形可能非單純的唇音異化,除了與發音部位有關外,另牽涉到韻尾的響度問題,同時也與語流有關。

定唯一的音值。不過,當雙音節節縮成長音節時,參考「韻頭優先原則」(onset first principle)(參見謝國平2000:133-134),我們將喉塞音以較一致的方法暫時歸為韻頭,故本章統一以後者[ʒia^{22}ʔap^5]標示之。若詞根為雙唇鼻音韻尾時,則容易與小稱音節縮成單一音節,並使雙唇鼻音韻尾延展,如「柑仔」[kam^{5355}],亦或詞根的主要元音延展,如「柑仔」「kaam^{535}」。

二、變調型

變調型小稱,主要是詞根與後綴式小稱產生音節節縮時導致各種過渡性、不穩定性的小稱變體,這一類暫歸為變調型小稱,依漢語方言曾出現過的小稱類型,以及參考PRAAT語音軟體的分析,暫且分為升調、本調高調、促化式(中塞式)、舒化式(特高升調)、元音延展等五類。

升調,基本上會明顯出現在詞根基本調非高平、升調之後,亦即詞根基本調為陰平、陰去、陽去、陰入、陽入時,小稱調顯示在詞根之末,為尾音拉高型的小稱變調。舉例如下:

(11)

	單字調	小稱變調
陰平	梳so^{53}	梳$_{仔}$so^{535}(梳子)
陰去	凳ten^{11}	凳$_{仔}$ten^{15}(椅子)
陽去	帽mo^{33}	帽$_{仔}$mo^{35}(帽子)
陰入	鐵tʰiet^5	鐵$_{仔}$tʰiet^{25}(鐵)
陽入	藥ʒiok^2	藥$_{仔}$ʒiok^{25}(藥)

各類變體在音位的選取方面,則以陰平字的小稱變調為參

考,陰去、陽去字的小稱變調則可調位化成[225]。

本調高調,也可屬於升調這一類型,但因兩者性質不同,故分開說明。此小類含括基本調為高調的陽平(高平)、上聲(中升)及陰入調(高入),因其調值為高或升調,推測其表層帶有小稱,但已不見後綴式的小稱詞,是因小稱調已節縮至基本調當中。但詞根為陰入時,多數詞後面允許帶有單音節後綴式的小稱詞,此時先執行海陸腔的連讀變調規則,之後再節縮成單一音節,此時表層為短促的升調(如上例的小稱變調「鐵仔」)。若陰入字不帶後綴式的小稱詞時,詞根仍維持基本調高調。(如下例的「鐵」)舉例如下:[13]

(12)

單字調	小稱變調
鵝 ŋo^{55}	鵝$_{(仔)}$ŋo^{55}(鵝)
羊 ʒioŋ^{55}	羊$_{(仔)}$ʒioŋ^{55}(羊)
狗 keu^{24}	狗$_{(仔)}$keu^{24}(狗)
蛙 kuai^{24}	蛙$_{(仔)}$kuai^{24}(青蛙)
鐵 t^{h}iet^5	鐵$_{(仔)}$t^{h}iet^5(鐵)

促化式—中塞式,亦屬於某種疊韻形式,[14]只不過疊韻的部分出現在詞根音節之內,且詞根的韻被具有類似於過渡音性

---

[13] 此主張適用於新竹與新屋的海陸腔小稱詞。以往可能將此類詞認定無小稱詞,但本章認為此類詞的高調特質實已暗含早期的小稱音在其中,經過語音語法化的歷程,今多不存在小稱形態,且與單字調相同,因不同於以往的觀點,於第四節再討論。

[14] 中塞式與疊韻型小稱有時較難區別(或以PRAAT的分析為參考),以語流的音長來說,較容易形成中塞式小稱,除非發音人較強調小稱音,此時舒聲韻較容易形成疊韻型小稱,入聲韻則容易為單音節後綴式小稱,疊韻型小稱的比例反而較少(整體來說,入聲韻仍偏向於變調型小稱)。(亦參見後文註21)

119

語言變體與區域方言

質的喉塞音阻隔成兩半，[15]成為比入聲韻稍長的長音節形式。促化式—中塞式的小稱類型，較容易出現在詞根為入聲韻的詞，此或因入聲韻的徵性即具有阻塞作用，當後接具有響音性質的小稱音時，語流中便容易促使詞根的入聲韻先弱化成過渡音性質的阻塞音，原先的入聲韻尾則滯後，並與帶有小稱性質的高調同時出現，詞根音節因而經過重整，如[ʒiok²]→[ʒio²²ʔok⁵]。除了入聲韻之外，舒聲韻也可能形成中塞式小稱，如「妹」→「妹仔」，因小稱音通常為高調或特高升調，語流中，當詞根的基本調從非高調過渡到小稱高調時，轉折處容易因銜接不上而形成中塞式。[16]今將詞根為舒聲韻、入聲韻的中塞式小稱變調舉例如下：[17]（其中，高入先經過了高入變調成低入，而後形成中塞式小稱）

(13)

單字調	小稱變調
妹moi¹¹	妹仔moi¹¹ʔoi⁵（女兒）
藥ʒiok²	藥仔ʒio²²ʔok⁵（藥）

[15] 所謂過渡音性質的阻隔音，其聲學性質有待檢驗，本文以喉塞音「ʔ」表示緊喉作用的阻隔音。

[16] 非正常雙音節中，從非高到高的音高變化中，容易在音高的轉折處產生銜接上的落差，而形成阻隔音。類似的語音現象也出現在不同方言點的語音描述，如浙江黃岩話「陽上調降的很低或者下降後立即上升，使得嗓音在音節當中消失成喉塞」、江蘇省連雲港市方言「陽平先降後升，音節中間喉頭明顯緊縮，嚴格說當中有喉塞音[ʔ]」、江西吉安縣文陂話「去聲調中間有間隔，短暫的間隔把一個聲調分為兩段，前段低降帶喉塞尾[ʔ]，後段低升；前段重而促，後段短而輕」，亦或後綴成分變化而形成的阻隔音，如江西余干縣城話「入聲韻在發了塞音尾之後，有一個短暫的間隔，然後有一個同部位的鼻音，……，由於有短暫間隔，就把入聲韻母分隔為兩段，前後兩段都各有調值」。（引自庄初升2004：242）

[17] 在某一層面來說，「竹」可為文讀音，「竹仔」可為白讀音。另，當「妹仔」語意為「女兒」時，「妹」不能為文讀音，其文讀音的形態仍為「妹仔」，「仔」的語音形式則偏向為[ə⁵⁵]。不過不能據此分文白讀，因相同語體中出現的詞彙大多可兼用不同形式的小稱變體。

竹tʃuk⁵　　　　竹仔tʃu²²ʔuk⁵（竹子）
鐵tʰiet⁵　　　　鐵仔tʰie²²ʔet⁵（鐵）

舒化式—特高升調，指的是詞根韻尾尾音急拉高的情形，例如，在詢問發音人「等」[ten²⁴]與「凳仔」[ten²⁵]二詞語音有何不同時，多數發音人仍能指出差異，即後者的尾音要升高（俗稱為「牽聲」）。此類小稱變調較常出現在詞根本調為低平（陰去）或中平（陽去）的詞彙當中，或因如此，此類詞的小稱現象常容易與基本調「上聲」（升調）形成調位的中立化（參見第四節）。舉例如下：

(14)

單字調	小稱變調
凳ten¹¹	凳仔ten↗（椅子）
帽mo³³	帽仔mo↗（帽子）
妹婿moi¹¹ se¹¹	妹婿仔moi¹¹ se↗（女婿，具輕視意；或為妹婿，表愛稱）
妹moi¹¹	妹仔moi↗（女兒）

元音延展，指的是詞根的主要元音延展並造成長音節，與促化式—中塞式的差別在於後者的詞根韻裡頭帶有過渡音性質的阻隔音，元音延展則無。舉例如下：

(15)

單字調	小稱變調
梳 so^{53}	梳仔 soo^{535}（梳子）
妹 moi^{11}	妹仔 mooi^{115}（女兒）
柑 kam^{53}	柑仔 kaam^{535}（橘子）
凳 ten^{11}	凳仔 teen^{115}（椅子）
藥 ʒiok^{2}	藥仔 ʒiook^{25}（藥）

三、單音節後綴型

　　單音節後綴型，[18]主要有央元音式、四縣音式兩種。四縣音式[e^{55}]，明顯是受到區域中的四縣話影響而產生的，但不全面，暫不在本章討論的重點；央元音式[ə^{55}]基本上為當地的原生型，和新竹具有同源關係。[19]原則上，前述兩種都有可能出現在各種詞根韻之後構成小稱詞，只是單音節後綴型非屬當地主流的小稱語音現象，為數卻也不少。舉例如下：

(16)

單字調	小稱變調
柑 kam^{53}	柑仔 kam^{53} ə^{55}（橘子）
鴨 ap^{5}	鴨仔 ap$^{5>2}$ ə^{55}（鴨子）
塞 tsʰet^{5}	塞仔 tsʰet$^{5>2}$ ə^{55}（塞子）
鵝 ŋo^{55}	鵝仔 ŋo^{55} e^{55}（鵝）

---

[18] 疊韻型實際上也可歸屬單音節後綴型小稱，但本書仍以兩型分指不同性質的小稱類型。
[19] 新竹和新屋具有同源性的小稱音[ə^{55}]，相關論述參見賴文英（2008b）。

塞tsʰet⁵　　　　塞仔tsʰet⁵⁻² le⁵⁵（塞子）

店tiam¹¹　　　　店仔tiam¹¹ me⁵⁵（店）

　　小稱為自成音節的鼻、邊音時，也歸單音節後綴型，其出現的環境具有語音條件的限制，即詞根韻尾為鼻音時，則小稱音容易隨詞根韻尾而自成音節：m̩、n̩、ŋ̍，若詞根韻尾為舌尖入聲韻（-t）時，則小稱音容易隨詞根韻尾而成同部位且發音較t為自然的成音節邊音：l̩。因鼻音響度較大，容易自成音節；塞音響度較小，不會自成音節，但-t卻有能力轉換成同部位具有響度的成音節邊音。舉例如下：

(17)

釘仔　　　　　　taŋ⁵³ ŋ̍⁵⁵（釘子）

凳仔　　　　　　ten¹¹ n̩⁵⁵（椅子）

日仔　　　　　　ŋit⁵⁻² l̩⁵⁵（日子）

　　但若詞根為雙唇鼻音韻尾時，容易與小稱音節縮成單一音節，並使雙唇鼻音韻尾延展，如「柑仔」[kam⁵³⁵⁵]，亦或詞根的主要元音延展，如「柑仔」「ka-am⁵³⁵」。（參見前述第一小節）。

　　以上三類型，我們可以看出，同一小稱詞可以有不同的變體形式，而自成音節的鼻、邊音，其出現的環境較具限制。小稱變體間並無辨義作用，可是，我們卻看不出是什麼原因造成豐富的變體，變體之間的源流關係也無法得知，對此，我們將從小稱的高調理論來探討小稱音與詞根音之間的互動關係，同

語言變體 與區域方言

時說明基本調為高調的部分語詞，實已帶有小稱音，因已不具小稱形態，再加上小稱音與基本調同型，因而更易為人忽略此類詞的小稱音。

茲將上述小稱類型及其分布環境整理如下：

(18) 桃園新屋海陸腔小稱詞的類型及其分布環境

小稱類型		分布	舉例		備註
疊韻型	VC	各韻均有可能	凳仔	$ten^{11}\ en^{55}$	此例與下例為自由變體
變調型	升調	基本調非高平調	帽仔	mo^{24}	帽，基本調為中平
	高平調	基本調為高平調	羊仔	$ʒio\eta^{55}$	
	中塞式	入聲韻為多，亦出現在舒聲韻	藥仔	$ʒio^{22}ʔok^{5}$	
	特高升調	基本調非高調為多	妹仔	$moi↗$	實際調值尾音比5還高，此例為自由變體
	元音延展	各韻均有可能	妹仔	$mooi^{115}$	
後綴型	ə	入聲韻為多	鴨仔	$ap^{5>2}\ ə^{55}$	所舉例子音韻環境的分布並非絕對性
	e	各韻均有可能	柑仔	$kam^{53}\ me^{55}$	
	N	-N	凳仔	$ten^{11}\ \underset{.}{n}^{55}$	
	l	-t	仔	$tet^{5>2}\ \underset{.}{l}^{55}$	

124

第四節　小稱表現的不對稱性與高調關係

　　本節將從客語小稱顯現的對稱性與不對稱性、親屬稱謂詞小稱的不對稱表現、小稱變調形成的推測等三方面，說明臺灣海陸客語小稱表現的不對稱性與高調之間具密切的關係。從不對稱性中的高調表現，我們認為有些語詞今雖不具小稱形態，但深層結構卻有過小稱形態，且小稱音殘存在詞根的高調之中。

一、小稱形態的分布與詞根調值

　　四縣客語與新竹海陸、新屋海陸比較，小稱形態在詞彙方面的分布具有不對稱性，且小稱的語音形式也具有不對稱性，如「羊仔」與「羊仔、羊$_{仔}$、羊（相關語音參見上一節），這一部分的不對稱性演變不易在文獻、辭典中發現，[20]是因為書面文獻或字辭典對這一類語詞，容易在鄰近方言之間產生平行性演變（如臺灣海陸對應於四縣客語的平行性演變）而賦予小稱形態，亦或將小稱音以音位化處理，因而不易見到或還原小稱語音的真實面貌。比照與海陸腔最相近的四縣腔，四縣腔的小稱詞分布在各調類之中，但海陸卻不然，因此，對於海陸腔不對稱性的部分，我們可以先合理的懷疑、假設與解釋：一、漢語方言中小稱詞所轄的詞彙本就不一，故而海陸腔的這一類詞本就不存在小稱詞；二、海陸腔的這一類詞本有小稱詞，但在時間的推移之下或自身音韻條件的發展之下，致使表層結

---

[20] 文獻、字典均屬書面語（如：Schaank 1897、MacIver 1992（Mackenzie修訂）、徐兆泉2001），書面語對小稱詞的處理可能有兩種方式：(1)以音位化處理，是故，即使存在變體，在書面語中也看不出來；(2)不記錄小稱，有兩類情形：(a)實際情形即無小稱；(b)有小稱但小稱已傾向於無意義的語法功能詞，故不記錄。

構看不出具有形態的小稱詞。如果為第二種主張,則必須有適當的立論與解釋,其一可能的關鍵為:海陸腔小稱詞的分布有其環境限制。海陸詞根為高調的上聲、陽平字,相較於其他聲調,普遍不具後綴式小稱詞(但同屬高調的陰入卻普遍具有小稱詞——於後文說明),亦即後綴式小稱詞的分布環境在詞根調值為高平、升調時較少出現,或其出現較不一致,如「羊」[55]、「狗」[24]表層中少具後綴式小稱詞形(新竹海陸亦如是),這樣的不一致,其實可從音韻條件的發展獲得解釋,因詞根的「高調調值」與後綴式小稱節縮;同時另一可能的關鍵為:[ə^{55}]分布在入聲韻為多,[21]從音理來說,韻尾收塞音時即形成一道阻塞,使得[ə^{55}]較不容易在語流當中消失或節縮到前一字的詞根之中,亦或相較於詞根為陰聲韻、陽聲韻的疊韻型小稱來說,入聲韻產生疊韻型小稱的能力也較其他二者的速度來得慢,是故無論從語流或音理上,較之疊韻型小稱,[ə^{55}]出現在入聲韻為多(不過,詞根為入聲韻的詞仍具有[□^{25}]小稱變調的變體形式)。從前述兩種關鍵的互動性,我們可以認為此類詞的深層結構為詞根高調加上高調小稱音,由於小稱音發展的不穩定性,語流中詞根高調與高調的小稱音較容易節縮,並與基本調同模,入聲韻則與小稱節縮成超入。[22]音節節縮的過程如下所示:

(10)

---

[21] 在發音人AA65所收92小稱詞中,疊韻型與變調型小稱高達79詞(約86%),[ə^{55}]則只佔13詞(約14%),13詞中,詞根為入聲韻者即佔了11詞(另2詞為陽聲韻字),不過,詞根為入聲韻的小稱變調模式卻也佔了17詞之多。另,在發音人AA28所收63小稱詞中,雖不見[ə^{55}]音,但也只有2詞的小稱為[e^{55}],且詞根為入聲韻(詞根為入聲韻者計24詞),其餘為疊韻型或變調型小稱。
[22] 因超出基本調入聲的範圍,稱之「超入」。

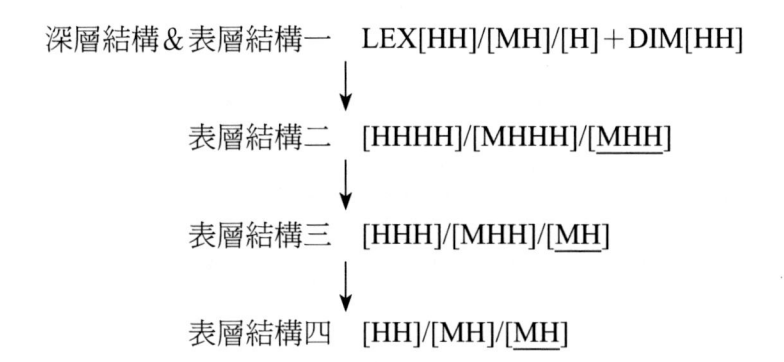

深層結構＆表層結構一　LEX[HH]/[MH]/[H]＋DIM[HH]
↓
表層結構二　　　　　[HHHH]/[MHHH]/[MHH]
↓
表層結構三　　　　　[HHH]/[MHH]/[MH]
↓
表層結構四　　　　　[HH]/[MH]/[MH]

音節節縮的變化牽涉到詞根調值與小稱音的高調，部分語詞詞根調值為高平或升調時，其深層結構帶有後綴式小稱詞，但表層或不具小稱形態，是因小稱的高調徵性節縮至基本調之中。從其他調類的演變，大致可推測出此結果。先以低平的陰去或中平的陽去為例，在後接高調的小稱時，正好可以形成LLHH或MMHH的聲調類型，當小稱高調的徵性節縮至詞根之末時，語流上即逐漸與上聲調MH形成調位的中立化。[23]過程如下所示：

(11)

詞根調　＋小稱詞調　音節節縮＋[+H]徵性節縮＋中立化　表層聲調
陰去LL　＋　HH　————————————→　MH（上聲）
陽去MM　＋　HH　————————————→　MH（上聲）

因而詞根基本調為升調或高平調時，應該也歷經類同的演變過程，才形成今日表層與深層同調值的現象，而且這一類小稱變調的速度應最快。如下所示：

---

[23] 這一部分的調位中立化尚未全面，少數語詞在語流中或更容易發生。

(12)

詞根調　＋小稱詞調　音節節縮＋[＋H]徵性節縮＋中立化　表層聲調
陽平HH　＋　HH　──────────────→　HH（陽平）
上聲MH　＋　HH→（上聲變調MM＋HH）────→　MH（上聲）

　　陽平字為高平調，詞根高平調後接小稱高平調時，同為高平，因而小稱的高平容易節縮至詞根之中（非異化現象），亦即：HH＋HH→HHHH→HHH→HH，同樣地，上聲字為高升調，詞根的高升調後接小稱高平時，相鄰的三個高調徵性容易合併成一個高調，亦或先歷經上聲變調，而形成表層與「上聲」同模的小稱調，亦即：MH＋HH→MHHH/MMHH→MHH/MMH→MH。

　　此外，詞根基本調為降調時，小稱聲調再怎麼節縮，因為沒有等同的調位可以中立化，所以仍可以外顯的保有小稱高調的徵性，並與基本調有所區別，因超出基本調陰平的範圍，故以「超陰平」稱，預估這一類小稱變調的速度會較慢。如下所示：

(13)

詞根調　＋小稱詞調　音節節縮＋[＋H]徵性節縮　　　表層聲調
陰平HM　＋　HH　──────────────→　HMH（超陰平）

　　海陸腔的七種聲調類型當中，還有入聲調的情形。陰入因為先執行了陰入變調，形成與陽入具有相同的環境，因而不論是陰入或陽入的小稱變調，其表層聲調調值均相同。如下所示：

(14)

詞根調	＋	小稱詞調	音節節縮＋[＋H]徵性節縮	表層聲調
陰入H	＋	HH→陰入變調M＋HH	⟶	MH（超入）
陽入M	＋	HH	⟶	MH（超入）

但陰入字也能以高調的小稱形式存在，如「鐵」[H]＝「鐵仔」[MH]。若如此，陰入變調規則不運作時，因小稱音的高調徵性已於時間的演變過程中，漸與詞根節縮，因此單字調為高調時，詞本身即帶有小稱音。也就是說雖表層為「基本調」的高調形式（HH、MH、H），韻末的高調實已帶有小稱音，其中H的小稱性質不同於語流變調形成的HH、MH，或因如此，基本調為H時，其小稱調多數仍為MH的形式。[24]

從以上分析，因小稱變調而逐漸形成的調位中立化不是「調類」在起作用，而是歸因於詞根調值與小稱高調調值相互牽引的結果。無論調類為何，表層詞根音節的韻尾總以高調表小稱，因而高平與升調的第二個聲調（高調）其實已蘊含小稱於其中了，故而海陸腔基本調為高調時（HH、MH、H），部分語詞的表層帶有高調性質的小稱音，而這也是小稱變調中演變速度最快者。當詞根與小稱節縮後，漸漸就失去後綴形態的小稱詞，小稱音則殘存在詞根韻末的高調之中，且表層的詞根調值會隨著詞根基本調調值的不同而變化成HH、MH、HMH、MH等，因尚處於不穩定的發展中，或致使詞根音節結

---

[24] 在眾多例子當中，實際上，似乎只少數字具有兩可的現象，如：「鐵」，超入、高入均可，且語意相同；「桌」，超入、高入均可，但語意或有差異，超入時指稱一般的桌子，高入時則指稱較大的桌子，不同發音人對此詞語意的見解或有不同。多數的陰入字仍會循陰入變調而成為小稱變調，不過若另外詢問發音人能不能說成陰入的「鴨」、「竹」時，則發音人也接受，語意大多不變。

語言變體 與區域方言

構產生重新整合分析,並產生中間的過渡變體(含變調型的升調、本調高調、促化式—中塞式、舒化式—特高升調、元音延展等次類型)。

從小稱變體在詞根調值方面的分布環境來看,部分變體出現的環境受限於詞根的調值,因此,對於小稱詞顯現的不平行演變關係,不能忽略音韻條件的相倚性。

二、親屬稱謂詞小稱的不對稱表現

我們也可從親屬稱謂詞的語音變化觀察小稱的不對稱變化。以下比較兩種地緣接近,且血源又非常接近的三種客方言:新屋四縣腔、新屋海陸腔與新竹海陸腔。觀察幾組親屬稱謂詞體現在小稱方面的不對稱性。[25]

(15) 四縣腔與海陸腔親屬稱謂詞比較

詞彙 \ 方言	新屋四縣 非小稱形式	新屋四縣 小稱形式	新屋海陸 非小稱形式	新屋海陸 疑小稱形式
A 姑姑／小姑	阿姑 $a^{24>11}\ ku^{24}$	阿姑仔 $a^{24>11}\ ku^{24}\ e^{31}$	阿姑 $a^{24>33}\ ku^{53}$	阿姑仔 $a^{24>33}\ ku^{535}$

---

[25] 下表依審查意見,姑姑可分二種:一為父親的姊妹稱姑,沒有小稱詞。就是阿姑、大姑、二姑、細姑、滿姑,不是阿姑仔;二為丈夫的姊妹為大姑、小姑(細姑)、滿姑,第三人稱,稱大娘姑、小娘姑或姑仔,不是阿姑仔。舅舅亦然,母親的兄弟為阿舅、大舅、二舅、小舅(滿舅),新竹海陸不可稱阿舅仔;但對妻子的兄弟,是稱妻舅仔,不是阿舅仔。叔叔也是:對自己父親的弟弟稱阿叔,不稱阿叔仔;對自己丈夫的弟弟稱小郎叔、細叔仔、滿叔仔、叔仔,不稱阿叔仔。但實際上,對以上各親屬詞的第二種稱呼通常在背稱時,如父母和我聊到姊夫的姊妹、嫂嫂的兄弟時,會分別以「阿姨仔」、「阿舅仔」背稱之;又嫂嫂對他人提到自己丈夫的弟弟或姊妹,會分別以「阿叔仔」、「阿姑仔」背稱之。

[26] 此型主要出現在非以海陸腔為母語的發音人之中,以及出現在背景為新竹移至新屋居住的發音人之中。除後者人士較少產生「e」外,相同的發音人也會產生其他類型的變體。

方言\詞彙		新屋四縣		新屋海陸	
		非小稱形式	小稱形式	非小稱形式	疑小稱形式
B	舅舅／小舅子	阿舅 $a^{24>11}$ k^hiu^{24}	阿舅仔 $a^{24>11}$ k^hiu^{24} e^{31}	阿舅 $a^{24>33}$ k^hiu^{53}	阿舅仔 $a^{24>33}$ k^hiu^{535}
C	阿姨／小姨子	阿姨 a^{24} $ʒi^{11}$	阿姨仔 a^{24} $ʒi^{11}$ e^{31}	阿姨 $a^{24>33}$ $ʒi^{55}$	1　阿姨 $a^{24>33}$ $ʒi^{55}$
					2　阿姨仔 $a^{24>33}$ $ʒi^{55}$-i^{55}/$ʒi^{555}$
					3　阿姨仔[26] $a^{24>33}$ $ʒi^{55}$ $ə^{55}$
					4　（阿）姨仔 $(a^{24>33})$ $ʒi^{55}$ e^{55}
D	叔叔／小叔子	阿叔 a^{24} $ʃuk^2$	阿叔仔 a^{24} $ʃuk^2$ e^{31}	阿叔 $a^{24>33}$ $ʃuk^5$	1　阿叔 $a^{24>33}$ $ʃuk^5$
					2　阿叔仔 $a^{24>33}$ $ʃuk^{25}$
					3　？
					4　？

方言\詞彙		新竹海陸[27]	
		非小稱形式	疑小稱形式
A	姑姑／小姑	阿姑 $a^{24>33}$ ku^{53}	阿姑仔 $a^{24>33}$ ku^{53} $ə^{55}$

方言 詞彙		新竹海陸[27]		
		非小稱形式	疑小稱形式	
B	舅舅／小舅子	阿舅 $a^{24>33}$ k^hiu^{53}	阿舅仔 $a^{24>33}$ k^hiu^{53} $ə^{55}$	
C	阿姨／小姨子	阿姨 a^{33} ʒi^{55}	5	阿姨 a^{33} ʒi^{55}
			6	
			7	阿姨仔 a^{33} ʒi^{55} $ə^{55}$
			8	
D	叔叔／小叔子	阿叔 a^{33} ʃuk^5	5	阿叔 a^{33} ʃuk^5
			6	
			7	阿叔仔 a^{33} ʃ$uk^{5>3}$ $ə^{55}$
			8	

　　上表可從縱橫兩方面來分析：縱向來看，新屋四縣、新屋海陸與新竹海陸在A、B、C、D四型中，無論語意或語音方面，均一致性的成平行演變關係，反之新屋海陸只有A、B二型成平行演變；橫向來看，A、B二型一致性的成平行演變關係，但C、D二型則無。故而不對稱點在於海陸C、D二型的「疑小稱形式」，且C、D二型的詞根調在海陸腔中均為高調形式，搭配四之一節的論證，我們可以合理懷疑C1、C2、

---

[27] 此處的小稱形式為同質性高者而言，或也有少數小稱詞帶有與新屋海陸腔相同的音變模式。

C3、C4、D1、D2均為小稱詞。C1與D1均無後綴，發音人若出現此類型時，則絕對無其它型小稱，故為疑小稱詞，再加上此二者的音韻條件正好與四之一節論述的高調相同，故而更可能就是小稱詞了；C2與D2則與海陸A、B二型的性質較接近，使用也較為普遍；C3型較少見，且幾無對應的D3；C4多半出現在發音人善於四縣且也善於海陸的情形之下，此類型可視為外來成分，但卻幾無對應的D4型；至於新竹海陸，以徐兆泉《臺灣客家話辭典》（2001）所記為帶形態的C7、D7型，但田調發現C5、C7、D5、D7四型均有，因本文田調尚未以社會語言學「量」的角度來統計，因而難以斷定其趨勢。

　　之前提及入聲韻的小稱詞較其他陰聲韻、陽聲韻字容易具有單音節後綴式小稱詞[ə^{55}]，是因入聲韻本身即為阻塞音，語流中的[ə^{55}]則不易被詞根同化而消失。從另一角度看，入聲韻因韻尾含有[-響度]的徵性，因而較不容易產生同具響度的疊韻型小稱，亦即無法產生疊韻VC型中的C型小稱。反觀陰聲韻、陽聲韻，其韻尾均帶有響度，語流中不易形成阻礙，故而容易形成同具響度的疊韻型小稱。音理上，若小稱[ə^{55}]出現的比例較受控於音韻條件，那麼，我們可以合理懷疑在疊韻型小稱出現之前，應有過[ə^{55}]的小稱形式，且殘留在入聲韻為多。[28]我們在一些發音人的語料中亦有類似的發現，如AA65所收92小稱詞中，疊韻型與變調型小稱高達79詞（約86%），[ə^{55}]則只佔13詞（約14%），13詞中，詞根為入聲韻者即佔了11詞之多

---

[28] 疊韻型小稱與[ə]形式的小稱應無演變關係，但我們依現階段小稱音的多變性及其出現的環境限制，認為[ə]是早期形式，在[ə]消失的同時導致疊韻型小稱出現，出現的因素一來因語流的自然性使然，一來為保持小稱語意，無小稱語意的則因小稱語音語法化歷程的使然。

（另2詞為陽聲韻字），[ə⁵⁵]較多出現在入聲韻，從其出現環境及音理上推敲，加上前節討論過的高調現象，說明此類詞的[ə⁵⁵]極有可能為殘留現象。若[ə⁵⁵]為後來產生的，也較難說明為何[ə⁵⁵]出現在入聲韻的比例會較其他韻來得多。

不過，在親屬詞D2「阿叔仔」中，反倒比較沒有D3[ə⁵⁵]的小稱語音現象，而是以音節節縮為主，這主要和語詞語意屬性的親密原則（intimate principle）有關，由此導致親屬稱謂詞更容易節縮成單音節形式的小稱變調。（曹志耘2001、賴文英2008b, chap 4.3）至於C3的[ə⁵⁵]在此或可視為後期進入的外來成分，²⁹畢竟C2與C1語音上不似D2與D1容易區別，故而或容易產生C3或C4型，C3的[ə⁵⁵]較有可能是後期來自於新竹海陸腔的[ə⁵⁵]，產生的理由是為了辨義作用，若小稱的三個高調單位HHH，語流上與單字調較不易區別（此正好說明為何它與D3具不同的發展），再加上為了內部系統縱向關係與外部系統橫向關係的對稱性，故而才有C3、C4型小稱，但卻無對應的D3、D4型小稱。

以上顯示海陸腔詞根基本調為高調時，起著某種制約作用。「姨」與「叔」的基本調，前為高平，後為高促，在稱謂時，表層中應帶有小稱音。當「阿姨仔」與「阿叔仔」的小稱高調普遍與詞根音節節縮時，因詞根與小稱同為高調，故而容易在語流中節縮成高平或升調的正常音節，語音方面則逐漸與非小稱的「阿姨」、「阿叔」同音。但是，因方言間的不對

㉙ 事實上，新屋海陸腔的「ə⁵⁵」可能帶有兩種層次，[ə⁵⁵]較多出現在入聲韻，雖極有可能為殘留現象，但我們同時也不能忽略鄰近的強勢腔──新竹海陸[ə⁵⁵]外來成分的後來影響，並使得「ə⁵⁵」又得以出現在其他韻之後，但整體比例不多。

稱性,加之系統內部音韻條件使然,又「小姨子」、「小叔」等多不用於面稱(面稱時則直接稱「阿姨、阿叔」等),多為背稱出現(或因「阿姑、阿舅」與「阿姨、阿叔」音韻條件不同,故前二者的小稱詞與非小稱詞仍容易辨義,但後二者則否),使系統本身也呈現出不對稱性,故而才會造成海陸C、D二型具有不同的變體形式並相互競爭,是故小稱詞在形態、語意、語音的發展上具「天秤效應」,也就是語詞隨著時代的變遷,系統中小稱詞的發展受到內部規範與外來環境的牽制影響,總有其演變的平衡與不平衡性,其過程大致為:早期的對稱性→不對稱性→晚期的對稱性/不對稱性→……。[30]

三、小稱變調形成的推測

以詞根高調來說,其小稱詞可兼具不帶小稱形態與帶小稱形態兩種形式,如下所示:

⒃ **新屋海陸腔高調但表層不具後綴式小稱詞舉例**

單字調	小稱變調
鵝ŋo^{55}	鵝$_{(仔)}$ŋo^{55}(鵝)
羊ȝioŋ^{55}	羊$_{(仔)}$ȝioŋ^{55}(羊)
狗keu^{24}	狗$_{(仔)}$keu^{24}(狗)
蛙kuai^{24}	蛙$_{(仔)}$kuai^{24}(青蛙)
鐵t^{h}iet^5	鐵$_{(仔)}$t^{h}iet^5(鐵)

⒄ **新屋海陸腔高調且表層具後綴式小稱詞舉例**

---

[30] 早期認為對稱性,主要是從第三節小稱形態的分布環境與詞根調值呈現出制約性來判斷的。

單字調	小稱變調
鵝 ŋo^{55}	鵝仔 ŋo^{55} e^{55}（鵝）
鵝 ŋo^{55}	鵝仔 ŋo^{55} o^{55}（鵝）
禾 vo^{55}	禾仔 vo^{55} o^{55}（稻子）
網 mioŋ^{24}	網仔 mioŋ$^{24>33}$-oŋ^{55}
鴨 ap^{5}	鴨仔 ap$^{5>2}$ ə^{55}（鴨子）
塞 tsʰet^{5}	塞仔 tsʰet$^{5>2}$ ə^{55}（塞子）
塞 tsʰet^{5}	塞仔 tsʰet$^{5>2}$ le^{55}（塞子）
日 ɲit^{5}	日仔 ɲit$^{5>2}$ l̩^{55}（日子）

其中[ə^{55}]出現的環境，比例上以入聲韻為多，同時，入聲韻也可以具有[e^{55}]形式的小稱詞。上述兩類為兩種極端的表現，中間實存在不同的變體。我們發現在以海陸腔為母語的不同發音人當中，即存在不同的認知，個別發音人的語料也呈現不一致，例如，有些發音人容許新屋海陸腔高調可帶有小稱詞，如「禾仔」[vo^{55} o^{55}]（稻子），有些則不容許，如「鵝」[ŋo^{55}]，有些或容許詞根韻尾拉長以表小稱音，如「鵝仔」[ŋo^{555}]（相對來說即為元音拉長），但發音人對這些詞彙絕不會只固定以一種形式來表現，如，也可用[vo^{555}]或[vo^{55}]來表示「稻子」。上述情形可以從兩方面解釋高調拉長或具後綴式小稱詞的情形，也就是「類推」或「殘餘」：(1)小稱詞從普遍的現象類推到不對稱的部分，使得小稱詞的表現全面較具對稱性，因而產生像上例當中高調拉長或具有後綴式小稱詞的現象，但這比較難解釋原先不對稱性的部分從何而來，且小稱語

音與形態不具一致性;(2)小稱詞從原有的對稱性演變到不對稱性,因而產生像上例高調但不具有後綴式小稱詞的現象,但這較難解釋語言的演變為何會從全面的對稱性演變到少數的不對稱性,除非這和系統本身的語音環境有關。我們從前述的分析認為,小稱形態的分布與詞根高調調值有關,且親屬稱謂詞的小稱表現也與詞根高調調值有關,說明上述詞例帶有小稱音的不穩定現象為一種天秤效應,過渡性變體的語音表現主要為殘餘現象,小稱形態在發展的過程中逐漸消失但殘存在元音延展、音高拉高或拉長等方面,後受到內部音韻條件影響,小稱形態在部分語詞中(基本調為高平、升調者)率先消失(例⒃),但後又受到外部因素的影響而處在不穩定的變化之中(同時兼有小稱形態與非小稱形態兩種形式),因語言間的對稱性影響,使得類推發揮作用,導致某些發音人會較一致性的出現小稱形態(例⒄),但又因類推效應未全面,因而部分發音人的小稱詞會有兩可性或多可性的不穩定現象。

　　新屋海陸腔的連讀變調規則顯現出一種不對稱性,即陰入字普遍可透過後綴式小稱詞而運作陰入變調,但上聲字通常已看不出來是否必須透過小稱詞運作上聲變調,[31]但仍有少數例外字如「網仔」,可看出中間變體的階段。如下所示:

⒅

<u>單字調</u>　　　　<u>小稱變調</u>

鴨ap^5　　　　鴨$_{(仔)}ap^{5>2}$ ə^{55}(鴨子)

鐵t^hiet^5　　　鐵仔$t^hiet^{5>2}$ ə^{55}(鐵)

---

[31] 亦或上聲已歷經上聲變調,且大部分語詞已節縮成上聲調。

狗keu²⁴　　　　　狗₍仔₎keu²⁴（狗）
蜆han²⁴　　　　　蜆₍仔₎han²⁴（蜆）
凳den²⁴　　　　　凳₍仔₎den²⁴ᐟ²⁵ᐟ²²⁵（椅子）
網mioŋ²⁴　　　　網仔mioŋ²⁴⁾³³-oŋ⁵⁵／網₍仔₎mioŋ²⁴（網子）

「凳」的單字調為[ten¹¹]，以「土人感」來說，「凳仔」[ten²⁵]與「等」[ten²⁴]語音上是有差別的，儘管它們語流中的音長相差不多（前者的音長或近於長音節[ten²²⁵]）。不同的變體現象其實已透露出很重要的訊息，即一種音變的苗頭——調位中立化的問題。也就是說，當單字音的深層與表層不同調時，表層的聲調具有小稱音，並傾向與單字詞的基本調（上聲）形成中立化。如下所示：（在此我們忽略音變的起源點及其他可能的中間變體）

(19)

深層單字調　　　　　表　層　小　稱　調
陰去　妹moi¹¹　　妹仔moi¹¹⁵→妹仔moi²⁵~²²⁵／moi↗（女兒）⎫
陰去　凳ten¹¹　　凳仔ten¹¹⁵→凳仔ten²⁵~²²⁵／ten↗（椅子）　⎬→□²⁴
陽去　帽mo³³　　帽仔mo³³⁵→帽仔mo²⁵~²²⁵／mo↗（帽子）　⎪（上聲）
陽去　樹ʃu³³　　樹仔ʃu³³⁵→樹仔ʃu²⁵~²²⁵／ʃu↗（樹）　　⎭

前文主張新竹與新屋海陸腔部分語詞的高調至少帶兩種層次：表層與深層相同的單字調，亦或表層的小稱變調，只是在目前的變化中，兩種層次傾向於相同的形式（陽平＝陽平小稱；上聲＝上聲小稱）。另外，新屋海陸腔表層中的升調或另帶有第

三種層次，[32]即由小稱變調引起的調位中立化，此時表層不同於深層（陰去、陽去→上聲_小稱）。

後綴式小稱與詞根節縮而演變成高調形式的小稱變調，其演變的過程在一些漢語方言中也可觀察到蛛絲馬跡的變化，如Chao（1947）即主張粵語小稱詞經過了類似於兒化的階段，Jurafsky（1988）也認為小稱詞具形態標記乃是漢語方言的普遍現象，並從粵語次方言的比較當中，指出小稱詞發展的不平行性，這種不平行性主要表現在小稱變調升、降調的不同，以及小稱變調是否伴隨音段的改變，作者認為這些是小稱後綴的殘留表現，因而構擬出粵語小稱詞的前身為具有形態的綴詞，且這個綴詞較有可能為鼻音，之後綴詞丟失，並透過聲調改變來派生小稱。另外，張洪年（2000）從早期粵語的相關文獻中指出高升變調是先降而後高升，[33]似乎與今日的高升變調不完全一樣。這種「先降而後高升」的聲調現象或許已透露出後綴小稱與詞根產生音節節縮，並成長音節的過渡階段，這種演變的行為模式正和新屋海陸腔小稱變調的模式類同。再如潘悟云（1988）分析浙江青田方言的小稱變調，指出當「兒」還是詞尾時，「兒」與前字音節組成連調形式，後來縮減為一個韻尾，故而聲調也隨之縮減掉，此時前字的連調形式發展成為小稱變調，此外，青田方言還有兩個小稱變調，分別為[(3)55]與[224]（均非屬基本調），但[(3)55]當中，許多詞的小稱變調已經混入陽平[33(4)]。是故這些方言的小稱現象也透露出語音中

---

[32] 第三種層次尚未形成普遍性。
[33] 所謂早期粵語的相關文獻依據張洪年，〈早期粵語中的變調現象〉，《方言》4（2000）：299-312所示，指的是由J. Dyer Ball編撰的粵語教科書Cantonese Made Easy(CME)中提供的語料，含1888與1907年前後兩個版本，此書對一百多年前的粵語提供較好的參考語料。

立化之前的過渡變體階段，也就是說一些詞表層聲調與基本調相同，但也有一些詞似乎又與基本調仍保有差異。新屋地區的小稱變調也正是如此，正處於演變中的過渡地帶，並逐漸與其中的基本調產生調位中立化的現象。

第五節　結語

　　本章從小稱的高調理論來探討小稱音與詞根音之間的互動關係，指出桃園新屋海陸腔詞根與小稱之間具有音節節縮的發展傾向，形態上的演變從詞根與小稱的雙音節形式到詞根韻尾高調的單音節形式，語音方面的演變則歷經了單音節後綴型、疊韻型，以及不同形式的變調型小稱，如升調、高調、促化式（中塞式）、舒化式（特高升調）、元音延展等。無論是新竹或新屋的海陸腔，有些語詞本身基本調為高調時即帶有小稱音，此為音節節縮速度最快者，主要和詞根、小稱詞的調值，以及語流方面有關，語詞基本調為高調者（含升調與高平），加上小稱音也為高調，在語流中最易節縮成與基本調同型的小稱變調，因已不具小稱形態，表層又和基本調相同，故而和其他小稱詞比較時，往往容易忽略此類詞的本身即殘存了小稱音。又，語詞高調與小稱音高調，對小稱語音及形態的發展均具有制約性，加上地域性的發展，造就新竹與新屋不同區域海陸腔的小稱變調有不同的演變行為與速度。雖說新屋海陸腔的小稱形態傾向於消失，但小稱音卻殘存在元音延長、音高拉高或拉長等方面的表現，而這些現象也可說明新屋海陸腔的小稱詞有過小稱形態，且那個形態最有可能就是「ə^{55}」。

小稱變調的形成雖與音韻條件有關，但也不能忽略新屋地區的多方言現象而導致小稱音的習得具有不穩定性的發展，因本章篇幅所限，未對外部因素多做說明。但從臺灣客語小稱顯現的對稱性與不對稱性、親屬稱謂詞小稱的不對稱表現、小稱變調形成的推測等三方面來看，小稱與詞根的高調徵性，以及漢語方言合音變調型的高調小稱發展，這些內部與外部因素對新屋海陸腔不同類型小稱變調的形成，實扮演重要的制約角色。

語言變體 與區域方言

第六章
客語人稱與人稱領格來源的小稱思維

　　從共時區域方言中，我們發現了客語人稱與人稱領格存在不同的變體形式，其來源與變體的產生往往需透過漢語方言的宏觀視角與共時變體的微觀視角，才能得到較為明確之立論，然而對於客語人稱領格的來源，歷來學者或有不同的看法，如何從不同立論當中提出新穎的看法與見解以供多元參考則為本書的目標之一。本章架構除前言、結語外，另含四節：第二節：前人看法與問題的呈現；第三節：客語人稱與人稱領格的共時表現；第四節：客語人稱代詞系統的內外來源解釋；第五節：客語人稱屬有構式與小稱音變的關連。[1]

第一節　前言

　　漢語東南方言的人稱表現與其他方言並不一致，各方言的內部表現也不具一致性，且部分的漢語方言與部分的西南少數民族語則又具有共通的人稱行為模式，似乎呈現了相當的複雜性。

　　客語人稱領格的來源以往約可歸為兩種看法：「合音說」

---

[1] 本章初稿發表於2008年「第七屆臺灣語言及其教學國際學術研討會」。臺北：臺灣師範大學。後修改刊登於《臺灣語文研究》（2010）5.1：53-80。本章感謝與會人士的意見提供，以及兩位匿名審查者所提供的寶貴意見，在此一併致謝。論文如有疏漏之處應由本人負責。

與「格變說」,前者並沒有針對合音機制提出較好的說明,後者則沒有提出較好的理論依據,且不符合漢語方言普遍的語法形態。本章從前人對客語人稱領格的不同看法,以及人稱、人稱領格的共時歷時表現來瞭解問題點,進而從內外觀點(含方言比較)、理論依據解釋客語人稱領格可能的來源與性質,包括從漢語方言與非漢語方言的觀點,探討親密原則於人稱屬有構式中的作用,以及瞭解人稱領格與結構助詞的歷時關係、人稱領格的變化形式與小稱形成的關連性。

本章主張人稱領格在調值方面的表現與表親密愛稱的小稱音變行為動因相同─均與語言親密關係的表徵有關。也就是名詞間語意屬性的「親密原則」(intimate principle)作用於人稱屬有構式之中,屬有構式「X+(結構助詞)+NP」即構成屬有概念,其中「X」為單數人稱代詞或領格,「結構助詞」可出現亦可不出現,出不出現則牽涉到X與NP間語意的親密程度,以及各屬有構式之後的類推效應作用,同時屬有構式的表現也與結構助詞的歷時演變有關。

本章關注六個問題點:(一)客語與其他漢語方言人稱領格的形式存不存在「格」的範疇?[2](二)客語人稱代詞是透過什麼樣的機制轉變成領格的形式?(三)客語人稱代詞系統的表現為何與西南少數民族語具有這麼大的雷同性?(四)包含臺海兩地的客語,人稱屬有形式的使用具有多種形式,形式之間的關連為何?(五)客語人稱領格調類的表現在各次方言間的對應關係為何具有不一致性?(六)人稱領格的表現與小

[2] 雖尚無法證明漢語方言的人稱是否具有「格」的範疇,但為了區別人稱代詞、人稱領有(具結構助詞者)、人稱領有(不具結構助詞者),人稱領有後者的形式仍暫以「領格」稱之。

稱的關連為何？這六個問題也許無法一一在本章中得到解釋，但部分問題卻可以從中瞭解更多值得討論的問題。

第二節　前人看法與問題的呈現

對於客語人稱領格的來源，歷來學者或有不同的看法，今從兩部分來回顧相關的文獻：一、客語人稱的歷史來源說；二、客語人稱領格的歷史來源說。

一、客語人稱的歷史來源說

在客語次方言中，三身代詞可因語音演變規律的不同而有不同的語音形式，「我、你」古為次濁上聲字，依漢語聲調演變規律可讀為上聲，或依客語「次濁上部分字讀為陰平」的規律，「我、你」或可讀為陰平，「佢」（他）依漢語聲調演變通常讀為陽平。以臺灣客語通行腔苗栗四縣與新竹海陸為例，三身代詞均讀成陽平，非全循上述的音變規律而行。李榮（1980：100-102）從不同的方言考證「代詞讀音互相感染」的現象，使得人稱代詞的調類易趨於一致，羅美珍、鄧曉華（1995）也認為這是一種平行演變的趨勢。故而方言中，若三身代詞聲調一致時，傳統的看法應是受「代詞讀音互相感染」規律的影響而呈現一致性的變化。

站在漢語方言歷史音韻演變的角度，大都認為「偓」保有古音，「偓」為「我」的俗字，屬於客家話的特殊詞，推測此字應是依客語語音而造出的形聲字。李如龍、張雙慶（1992：514）有關「偓」的解釋：「**客家各點都說ngai2、ngai1或**

nga2,俗寫為厓,實際上本字是我,歌韻字少數保留古讀ai,尚有大讀tai5,可作旁證。」「我」在字形上,會隨著方音的差異而產生變化,客語在書寫上或以其他字形來替代,也就推動了「造字」並成為「音轉」之方言字,此種音轉體現在字形和字音上,由此造成了白讀音「厓」、文讀音「我」逐漸分工。

以上主要是站在漢語方言內部演變規律的立場來分析,似乎合於客語人稱普遍的演變模式。

二、客語人稱領格的歷史來源說

關於客語人稱領格的歷史來源,看法上各有不同,今歸納歷來的看法與流變,主要分成「合音說」與「格變說」兩類。其中「合音說」相當於「連讀變化說」的性質,不過各家合音說的內容不盡相同;「格變說」則含括「詞形變化說」、「內部屈折說」、「少數民族同源說」等三種不同內容的說法。敘述如下:

(一)「合音說」

董同龢(1956)調查華陽涼水井的客家話,認為三身代詞ŋai˩、n̩i˩、ti˩三字所受後面字的影響,其後面如加個助詞kieʔˠ(的),則聲調全由低升變做高平,同時ŋai的韻母也由ai變做a,是一種字音的連讀變化。如:[3]

(1)

　　　　ŋa˥ kieʔˠ(我的)　　n̩i˥ kieʔˠ(你的)　　ti˥ kieʔˠ(他的)

---

❸ 本文引用的語料標示,一律自原文引用。

第六章
客語人稱與人稱領格來源的小稱思維

　　作者亦提出把kieʔˇ換做一個別的陰入調的字或上聲字，也會有同樣的情形出現，不過不那麼一致，他們是否與「成詞」、「不成詞」或別的語法範疇有關，就所得材料中還看不出條理來。或有一個單獨的例子，即：ŋa˥ xa˥ sθn˥（我的下身）。因此，董氏本身對客語人稱領格的來源即已提出相關的問題點。

　　Norman（1988：227）認為客語人稱領格具有兩種形式，不論是加綴式或獨立詞，均源自於人稱與後綴的節縮（contraction）。但羅氏對於客語人稱領格的合音過程仍沒有提出較好的說明。如下第一人稱所示：

(2)
　　　　　　　　　第一人稱
　　　　　　　主格　　　　　　領格
　　梅縣　　　ŋai²　　　　　　ŋa¹～ŋai ke⁵
　　海陸　　　ŋai²　　　　　　ŋai² kai⁵
　　華陽　　　ŋai²　　　　　　ŋa¹ (kieʔ⁷)

　　羅肇錦（1990）認為客語人稱領格的形成公式為：主格＋ia³¹＋ke⁵⁵→領格，主格與「ia³¹」合音，並調整至目前的面貌，如下所示：（羅師對客語人稱領格的來源後來又有不同的看法，見後說明）

(3)
　　ŋai¹¹（我）　　＋　　ia³¹　　→　　ŋa¹¹ ke⁵⁵（我的）
　　ŋ¹¹（你）　　　＋　　ia³¹　　→　　ŋia¹¹ ke⁵⁵（你的）
　　ki¹¹（他）　　　＋　　ia³¹　　→　　kia¹¹ ke⁵⁵（他的）

147

語言變體 與區域方言

鍾榮富（2001）把「ia³¹」作為所有格的後綴，與人稱形成強制性（obligatory）的合併，但作者認為以「ia³¹」為所有格後綴需要進一步說明，因為大部分的客方言用「ke⁵⁵」作為所有格表徵，而「ia³¹」是經由以下三條音變模式推測而來的：

(4)

ŋai	+	ia	→	ŋa
ŋ	+	ia	→	ñia
ki	+	ia	→	kia

鍾從上述語料推知所有格後綴必然以-a結尾；再者會使第二人稱ŋ變成ñ音者只有介音i，故而將所有格後綴定為ia。

但問題是，羅與鍾的假設無法較好說明「ia³¹」的性質與語法功能，以及人稱領格調值形成的問題，為何苗栗四縣呈現升調：ŋa²⁴、ŋia²⁴、kia²⁴；新竹海陸呈現高平調：ŋai⁵⁵、ŋia⁵⁵、kia⁵⁵。四縣通常以「ke⁵⁵」、海陸以「kai¹¹」（均為去聲）做為所有格表徵，實與「ia³¹」或人稱領格的「合音」表現牽連不大，而且也無法較好說明以下兩句領格使用上的不同：（以新屋四縣為例）

(5)「厥老妹」kia²⁴ lo³¹ moi⁵⁵（他的妹妹）❹

(6)「佢個書」或「厥个書」ki²⁴⁻¹¹ e⁵⁵ su²⁴ 或 kia²⁴⁻¹¹ e⁵⁵ su²⁴（他的書）

「ia³¹」依性質來說，較有可能為指代詞「這」lia³¹／ia³¹，比較以下兩句的使用情形：

---

❹ 語用上與「佢个老妹」有所不同，且後者較少使用，語用上或帶有強調「屬有者」的意思。

148

(7)「佢這（个）老妹」ki^{11} ia^{31} (ke^{55}) lo^{31} moi^{55}（他這（個）妹妹）

(8)「佢（*這）个老妹」ki^{11} (*ia^{31}) ke^{55} lo^{31} moi^{55}（他（*這）的妹妹）

「ia^{31}」為定指的指代詞，指代詞的存在與否牽連到句子語意的區別，也無法說明人稱領格的「合音」現象。

嚴修鴻（1998）認為客語人稱領格來源於實詞語素的詞彙合音形式。實詞語素則來源於北方方言曾經表複數的「家」，如「家」、「你家」、「佢家」。合音後的聲母與主格相同，韻母受「家」主要元音為a的影響，且聲調由陽平變陰平，至於其他地區非以-a表領格形式或聲調非陰平的現象，則是屬後來的演變。但今之客方言已不見表複數後綴的「家」或表領格單獨後綴式的「家」，「家」如何被客語今之人稱複數取代，也是一個問題點。項夢冰（2002）即針對此文提出反駁，認為客語人稱領格當為人稱單數主格後加結構助詞「个」的合音現象。

（二）「格變說」

李作南（1965）認為客語人稱領格具有三種形式，如下所示：

(9)

	主格	領格I	領格II	領格III
第一人稱	ŋai^2	ŋa^1	ŋa^1·ke^4	
第二人稱	n̠i^2	n̠ie^1	n̠ie^1·ke^1	n̠ia^1
第三人稱	ki^2	ke^1	ke^1·ke^4	kia^1

其中，領格I、II屬詞形變化的「格變說」，是利用韻母和聲調的變化以構成客方言人稱代詞「格」的變化，比較如下：（「ke⁴」在此可用也可不用，用時有強調屬有者的作用）

(10)「□本係𠊎書」le² puŋ³ he⁴ ŋa¹ su¹（這本是我的書）

(11)「□本係𠊎个書」le² puŋ³ he⁴ ŋa¹ ke⁴su¹（這本是我的書）

領格III屬連讀變化的「合音說」，此只和親屬稱謂相連用，為「你阿爸」n̠i² a¹ pa¹或n̠ie¹ a¹ pa¹、「佢阿爸」ki² a¹ pa¹或ke¹ a¹ pa¹連讀音變成：n̠ia¹ pa¹與kia¹ pa¹。此似乎為領格-a找到來源，但卻無法說明其他或相關的語言事實，如聲調的變化，或後接親屬稱謂但非以「阿」起始，此時kia¹的語音無法從合音的觀點獲得解釋。

袁家驊（1989）認為以下語料中的客語人稱領格I是通過詞形變化來表示的，用於一般不強調「誰的」句子裡；領格II是在主格的後面加上詞尾「个」ke來表示的，相當於華語的「的」，用於強調「誰的」以突出屬有者。如下所示：

(12)

	主格	領格I	領格II
第一人稱	ŋai	ŋa	ŋai ke
第二人稱	n̠i	n̠ia, n̠ie	n̠i ke
第三人稱	ki	kia, kie	ki ke

林立芳（1996）認為客語人稱領格的表現手法仍有待研究。第二、三人稱具有多種領格形式，說話人可任意選擇其中形式而不受任何條件的約束及限制。如下所示：

(13)

	主格	領格I、II、III
第一人稱	ŋai^{22}	ŋa^{44}
第二人稱	n̩^{22}	n̩ia^{44}、n̩iɛ^{44}、ŋɛ^{44}
第三人稱	ki^{22}	kia^{44}、kiɛ^{44}、kɛ^{44}

羅肇錦（2006b）比對藏緬系（羌語、景頗語、彝語、緬語）的語言，發現客語與景頗語（與彝語同支系）在人稱代詞以及人稱代詞的主格變領格時，韻母、聲調的變化均非常相似，認為客家話極可能保有西南彝語的方音，並提出五點特色：（一）「你、我、他」調類相同；（二）ŋai^{33}、naŋ^{33}(n̩^{33})、ʃi^{33}與客語ŋai^{11}、ŋ^{11}、ki^{11}音接近；（三）領格有格變而且轉調；（四）複數加詞尾the^{33}；（五）複數除了加尾綴the之外形態也改變，客語「ŋai^{11}（我）→en^{24} teu^{24}（我們）」與景頗語一樣。此為「少數民族同源說」，亦屬於格變說的一種。

以上，對於客語人稱領格的來源各家看法仍有分歧，存在許多值得探討的問題點。「合音說」並沒有針對合音機制提出較好的說明，包括人稱與所有格的音變機制，以及人稱領格的聲調為何在客語次方言間呈現不一致的變化；「格變說」則沒有提出較好的理論依據來說服，且不符合漢語方言普遍的語法形態。

第三節　客語人稱與人稱領格的共時表現

本節將分別從共時語料的表現，如：一、新屋第一人稱與客語人稱的聲調問題；二、客語人稱領格的表現，以看出客語

人稱與領格可能存在的共時與歷時性問題。

一、新屋第一人稱與客語人稱的聲調問題

　　李如龍、張雙慶（1992）調查客贛方言34個點中，第一人稱除4個點為a^1或$xaŋ^5$音外，其餘均為ŋ聲母，韻母非ai即o，調則有陰平、陽平、上聲、去聲等四種，第一、二、三人稱在客贛方言中的表現，各具有相當的一致性。

　　依「代詞讀音互相感染」的原則，苗栗四縣與新竹海陸「𠊎」、「你」與「佢」的聲調趨同，但新屋海陸卻呈現「逆流」而非「順流」的現象。臺灣客語海陸腔第一人稱的走向一般唸成新竹海陸的陽平調$ŋai^{55}$，但新屋海陸客語卻唸成上聲調$ŋai^{24}$，甚至有少數特定族群唸成陰平調$ŋoi^{53}$，也與新竹、新屋的第二、三人稱唸陽平調不同。比較如下：

(14) **新屋客語人稱代詞比較**

人稱－中古音	四縣[5]	新竹海陸	新屋海陸	新屋豐順
𠊎（我）－次濁上	$ŋai^{11}$（陽平）	$ŋai^{55}$（陽平）	$ŋai^{24}$（上聲）$ŋoi^{53}$（陰平）	$ŋai^{24}$（？）
我－次濁上－文讀	$ŋo^{24}$（陰平）	$ŋo^{53}$（陰平）	$ŋo^{53}$（陰平）	$ŋo^{53}$（陰平）
你－次濁上	$ŋi^{11}$（陽平）	$ŋi^{55}$（陽平）	$ŋi^{55}$（陽平）	$ŋi^{55}$（陽平）
佢（他）－全濁平	ki^{11}（陽平）	ki^{55}（陽平）	ki^{55}（陽平）	ki^{55}（陽平）

---

❺ 本章談及海陸腔時，含新竹海陸通行腔、新屋海陸；談及四縣時，含苗栗四縣通行腔、新屋四縣。

第六章
客語人稱與人稱領格來源的小稱思維

　　我們先看上表豐順第一人稱的問題，調值「24」非歸豐順話的基本調類，此種聲調現象，究竟是詞彙擴散的殘餘現象還是方言接觸影響導致？亦或其他因素影響？照常理，第一人稱是基本核心詞彙，若各次方言的人稱聲調多產生相互感染的現象，那麼，當地弱勢豐順的第一人稱就不太可能是詞彙擴散殘存的現象，[6]對於非正常聲調的人稱現象我們又該做何解釋呢？「佢」字聲調演變符合客語常態，「你、我」按中古音的演變，在客語中非讀上聲即陰平，亦或依「代詞讀音互相感染」讀成陽平。新屋海陸、豐順的「𠊎」照理會與「你、佢」的聲調趨同才是，但卻沒有。豐順的「𠊎」非屬基本調而自成一聲，唯一可能的解釋是，代詞的讀音容易相互感染，除了來自於自家方言的代詞之外，也容易受周遭優勢語代詞的感染，也就是說新屋豐順受新屋海陸三身代詞聲調的影響而改變，且三身代詞聲調的走向不與其他類詞彙同步調。

　　至於新屋海陸第一人稱韻與調的走向，相較於新竹海陸、苗栗四縣二通行腔有其獨特的風格，同時也很難說明其源流。對此，我們於下文一併說明。

二、客語人稱領格的表現

　　我們先來觀察本章的第一個問題：客語與其他漢語方言人稱領格的變化形式存不存在「格」的範疇？以下先看客語內部的情形，再來比較漢語方言的情形。

　　有關客家話人稱代詞單數領格的變化形式，各次方言間具有相當的一致性，如下所示：（語料引自嚴修鴻1998）

---

[6]原鄉豐順客語的三身代詞均為陽平。

153

(15) **客語人稱代詞領格比較**

梅縣	₋ŋa、₋ŋia/₋ŋie、₋kia/₋kie	五華	₋ŋa、₋ŋia/₋ŋie、₋kia/₋kie
焦嶺	₋ŋa、₋ŋia(<ŋia)、₋ta(<kia)	平遠	₋ŋa、₋ŋa(<ŋia)、₋ta(<kia)
興寧	₋ŋa、₋ŋia、₋kia/₋kie	東莞（清溪）	₋ŋa、₋ŋia、₋kʰia
中山	₋ŋa、₋ŋia、₋kia	深圳（沙頭角）	₋ŋa、gia(<ŋia)、₋kʰia
揭西	?、?、₋kia	香港	?、?、₋kʰia
蒙山（西河）	₋ŋa、₋ŋia、₋kia	賀縣	₋ŋa、₋ŋia、₋kia
涼水井	₋ŋa、₋ŋi、₋ti	武平（坪畬）	₋ŋa、₋ŋa(<ŋia)、₋ta(<kia)
連城（新泉）	無、₋ŋia、₋tʃʮa	連城	無、₋ŋia、₋kua
連城（廟前）	無、₋ŋia、₋tʃʮa		

　　漢語方言有關人稱代詞「格」的變化，肖萍、陳昌儀（2004）考察江西境內贛方言人稱單數的代詞，發現主格、賓格存在不同的詞形，與其他漢語方言不同，認為這是源自於上古中原漢語，詞形上則受吳方言詞綴的影響和啟發。肖、陳對於人稱代詞語法現象的解釋，立場上仍持保守的態度，這可能和漢語方言語法是否存在「格」的範疇有關。李如龍（2001）

即不認為漢語語法具有「格」的範疇,包含人稱領格的屈折形式,且李氏也同意嚴修鴻(1998)的看法,認為客語人稱領格的變化形式屬於詞彙合音手段而不是語法手段。

從現有文獻中,我們無法下定論,客語人稱領格的變化形式相較於其他漢語方言是否「看似」較特別?人稱領格在漢語方言的表現,我們暫以北大編之《漢語方言詞彙》(1995)中的語料為參考:[7]在19個方言點中,領格的表現大多為人稱後加結構助詞,第一、二、三人稱領格具兩種或以上形式者各有6、4、4種,其中只有武漢官話、梅縣客語三身兼具兩種或以上的形式。三身代詞領格在各方言中的表現若不只一種形式出現時,基本上,各形式各有其語用含意,常見的有謙稱、尊稱、限定親屬稱謂及家庭等三種語用功能。只有武漢官話三身代詞領格其一的形式註解為「用於限定親屬稱謂及家庭等」之用法。另外,我們從相關文獻及現有客語語料查證,梅縣及其他客方言大部分亦兼具二或三種以上的人稱領格形式,其一或其二形式也與親屬稱謂及家庭等用法有關。

同時,我們也以李如龍、張雙慶(1992)調查之客贛方言來比較第一人稱領格的表現,發現在34個點中全部各只有一種領格形式,即人稱後接結構助詞,且其中5個點的第一人稱主格與領格形式有別,如下所示:

---

[7]《漢語方言詞彙》所收有關梅縣的人稱領格表現,似乎沒有體現語言的真實性,因為我們在其他相關語料當中找到不同的表現形式,如:袁家驊(1989)、林立芳(1996)等人提供的語料。在此仍暫以《漢語方言詞彙》的語料當作其他漢語方言比較的來源之一。

(16)

廣東梅縣	廣東清溪	福建寧化	廣西西河	福建邵武
$\mathrm{ŋai}^2$ $\rightarrow \mathrm{ŋa}^2\,\mathrm{kɛi}^{56}$	$\mathrm{ŋai}^2 \rightarrow \mathrm{ŋa}^3\,\mathrm{e}^5$	$\mathrm{ŋa}^3 \rightarrow \mathrm{ŋa}^1\,\mathrm{ka}^5$	$\mathrm{ŋai}^3$ $\rightarrow \mathrm{ŋa}^1\,\mathrm{kɛ}^0$	$\mathrm{xaŋ}^5$ $\rightarrow \mathrm{xaŋ}^6\,\mathrm{kɛi}^0$

從上例第一人稱領格的變化，可以看出主格與領格的差異可體現在調變（寧化與邵武）、韻變（梅縣）或韻調變（清溪與西河）等三種類型，[8]但從語料中觀察不出結構助詞是否可省略。書面文獻既然無法表現真實語言的面貌，因而我們只好以身邊最真實的語言來進一步分析此問題。

以臺灣客語為例（苗栗四縣、新竹海陸、新屋四縣、新屋海陸），比較三身代詞的領格變化，其中新屋四縣、新屋海陸為多方言接觸區，或可提供不同的見解。如下所示：

(17) **臺灣四縣、海陸客語三身代詞領格比較**

	苗栗四縣	新竹海陸	新屋四縣	新屋海陸[9]	語法功能	例[10]（新屋海陸）
三身代詞	$\mathrm{ŋai}^{11}$	$\mathrm{ŋai}^{55}$	$\mathrm{ŋai}^{11}$	$\mathrm{ŋai}^{24\sim55}$		
	$\mathrm{ŋ}^{11}$	$\mathrm{ŋi}^{55}$	$\mathrm{ŋi}^{11}$	$\mathrm{ŋi}^{55}$		
	ki^{11}	ki^{55}	ki^{11}	ki^{55}		
結構助詞	ke^{55} $\sim \mathrm{e}^{55}$	kai^{11}	$\mathrm{ke}^{55}\sim$ $\mathrm{e}^{55}\sim$ kai^{55}	$\mathrm{kai}^{11}\sim$ $\mathrm{ke}^{11}\sim\mathrm{e}^{11}$		

---

[8] 梅縣客語亦有韻調變的形式。（參見袁家驊1989）
[9] 新屋海陸第一人稱為高平時，可以是具強調意，也可以是不具強調意。
[10] 這部分的語料均屬自然語料。

第六章
客語人稱與人稱領格來源的小稱思維

	苗栗四縣	新竹海陸	新屋四縣	新屋海陸[9]	語法功能	例[10]（新屋海陸）
第一人稱屬有關係	ŋa²⁴	ŋai⁵⁵	ŋai²⁴～ŋa²⁴	ŋai²⁴~⁵⁵	具親密性	吾老弟（我弟弟）
				ŋa²⁴~⁵⁵		
	ŋai¹¹ ke⁵⁵	ŋai⁵⁵ kai¹¹	ŋai¹¹ ke⁵⁵	ŋai²⁴~⁵⁵ kai¹¹	親密性較不足	吾／𠊎个老弟[11]（我的弟弟）
	ŋa¹¹ ke⁵⁵		ŋa¹¹ ke⁵⁵	ŋa²⁴~⁵⁵ kai¹¹		𠊎个杯仔（我的杯子）
第二人稱屬有關係	ŋia²⁴	ŋia⁵⁵	ŋia²⁴	ŋia⁵⁵	兼具親密性、不親密性	惹爸（你父親）
						惹銃仔[12]（你的鎗）
	ŋia¹¹ ke⁵⁵	ŋi⁵⁵ kai¹¹	ŋia¹¹ ke⁵⁵	ŋia⁵⁵ kai¹¹	親密性較不足	惹／你个老弟（你的弟弟）
	n̩¹¹ ke⁵⁵		ŋi¹¹ ke⁵⁵	ŋi⁵⁵ kai¹¹		你个菜（你的菜）
第三人稱屬有關係	kia²⁴	kia⁵⁵	kia²⁴	kia⁵⁵	兼具親密性、不親密性	厥哥（他哥哥）
						厥貓子[13]（他的小貓）
	kia¹¹ ke⁵⁵	ki⁵⁵ kai¹¹	kia¹¹ ke⁵⁵	kia⁵⁵ kai¹¹	親密性較不足	厥个財產（他的財產）
	ki¹¹ ke⁵⁵		ki¹¹ ke⁵⁵	ki⁵⁵ kai¹¹		佢个屋（他的房子）

⑪「个」在此可以是具強調意，也可以是不具強調意。二、三人稱用法亦同。但很多情形之下，親屬稱謂前不能加結構助詞，只能是「人稱領格＋NP」。
⑫ 此例來源於新屋四縣。
⑬ 此例來源於新屋四縣。

157

從上述語料與前人文獻當中,可將人稱屬有關係的用法歸納成三類:[14](一)人稱領格後不加助詞,原則上只用在親屬稱謂詞或親密詞之前;(二)人稱領格後加助詞,多用在非親屬稱謂詞之前;(三)人稱主格加助詞,多用在非親屬稱謂詞之前。[15]以上三種類型在我們的語料當中仍有例外,如:人稱領格後不加助詞,也可以出現在非親屬稱謂詞之前。親屬稱謂詞以第一類用法為多,但也可能出現在(二)、(三)類,(二)、(三)類的分布環境則具重合性。

客語人稱領格的用法,對內似乎具有一致性(如(一)類的用法),也有其不一致性(如(一)、(二)、(三)類的混用),對外則只與少數的漢語方言相同。類似的領格用法卻也出現在部分的西南少數民族語當中,對此,除了從漢語方言的角度來理解之外,我們也不應忽略周遭非漢語方言的情形。

第四節　客語人稱代詞系統的內外來源解釋

客語人稱領格的變化形式在漢語方言中並沒有形成普遍性,但卻又和部分西南少數民族語的領格用法接近。以藏緬語

---

[14] 新屋地區的客方言,發音人有的容許此三類的用法,有的則不容許第二類的情形出現。助詞「个」的音韻形式,表現也有所不同,新屋海陸腔發音人有的容許kai、ke、e三種自由變體的用法,有的則不容許ke的情形出現,甚至有的發音人只容許kai的用法,e則少用,語流較快時仍會以e出現。(參見(17)結構助詞一欄)。

[15] 人稱領格後不加助詞的形式在苗栗四縣則使用頻繁,如「惹杯仔」(你的杯子)、「厥桌仔」(他的桌子)……等,似乎和系統中的連讀變調有關,因為人稱代詞+屬有標記的聲調表現為:LL+HH→LH(領格聲調),又LH→LL/__+任何聲調。故而苗栗四縣領格普遍泛化使用的形式,可從連續變調獲得解釋,應為後期的用法。若從海陸的觀點來看,則不會有如此的變化。

的人稱系統為例,語料如下所示:[16]

(18) 藏緬語三身代詞領格比較

三身	人稱		
	一	二	三
藏語			
門巴語			
羌語	高平調	高平調	高平調
普米語			
彝語[17]	中降調	中平調	中平調
哈尼語	高平調	高平調	中降調
納西語	中降調	中降調	中平調
傈僳語[18]	中平調	高平調	高平調
拉祜語			
載瓦語	高降調	高降調	低降調
阿昌語	高平調	高平調	中降調
景頗語	中平調	中平調	中平調
嘉戎語			
基諾語	中降調	中降調	中降調
獨龍語	高降調	高降調	高降調
怒語	中升調	高平調	高平調
珞巴語			
白語			

[16] 語料分別引自高華年(1958)、孫宏開(1981)、孫宏開(1982)、李永燧、王爾松(1984)、和即仁、姜竹儀(1984)、孫宏開、劉璐(1986)、徐琳、木玉璋、蓋興之(1986)、《中國少數民族語言》(1987)等。

[17] 彝語人稱複數時,主要元音為前中元音,聲調成高平;人稱領格時,以「a」為詞頭的親屬稱謂詞,代詞把自己的元音丟棄,以a代替成領格,領格聲調也因後面的「a」聲調不同而不同,在次高調a前變讀為升降調,在中平高及降調的前面即變讀為a聲調。(高華年1958)藏緬語族的許多語言之中,存在豐富的「a」詞頭,其來源可能是多方面的,其中一派認為「a」詞頭來源於人稱代詞,例如,塔多語的ka-pa(我的父親)、na-nu(你的母親)、a-khut(他的手)。(參見汪大年1992)客語人稱透過聲調、元音變化成人稱領格時,人稱領格中「a」成分的來源與藏緬語族詞頭「a」是否有共同來源,仍需進一步探討。

[18] 傈語若為年長的親屬稱謂詞時,則人稱領格要用元音或聲調屈折來表示。

語言變體與區域方言

三身	人稱領格類型 一	二	三	人稱複數類型 一	二	三
藏語				附加成分	附加成分	附加成分
門巴語	格變	格變	格變	格變	格變	格變
羌語	聲韻變	聲韻變	聲韻變	附加成分	附加成分	附加成分
普米語				附加成分	附加成分	附加成分
彝語[17]	格變	格變	格變	次高調	次高調	次高調
哈尼語	中平調	中平調	中降調	附加成分	附加成分	附加成分
納西語	中降調+結構助詞	中降調+韻變+結構助詞		附加成分	附加成分	附加成分
傈僳語[18]	中升調	韻變+中升調	韻變	附加成分	附加成分	附加成分
拉祜語				附加成分	附加成分	附加成分
載瓦語	高平調	高平調	高降調	附加成分	附加成分	附加成分
阿昌語	高降調	高降調	中降調	附加成分	附加成分	附加成分
景頗語	韻變+高平調	韻變+高平調	韻變+高平調	高調+附加成分	高調+附加成分	高調+附加成分
嘉戎語				格變	格變	格變
基諾語	中升調	中升調	中升調	附加成分	附加成分	附加成分
獨龍語	高平調+喉塞尾	高平調+喉塞尾	高平調+喉塞尾	高調+附加成分	高調+附加成分	高調+附加成分
怒語	聲韻變	聲韻變	聲韻變	附加成分	附加成分	附加成分
珞巴語				格變	格變	格變
白語	高調+附加成分	高調+附加成分	高調+附加成分	高平調	高平調	高平調

第六章
客語人稱與人稱領格來源的小稱思維

　　從上表，我們可以窺知一個大概，即藏緬語三身代詞的領格類型多數不以附加成分（即結構助詞）來表示，主要為聲調的變化或聲韻調的改變。對於客語人稱領格與西南少數民族語的關係，於第五節有較詳細的分析，在此先討論人稱系統的一些問題，因為漢語方言人稱代詞系統的來源將牽涉到領格的來源問題。

　　我們發現藏緬語族的景頗語、白語、獨龍語、哈尼語、珞巴族語、怒語、羌語、基諾語、拉薩語、彝語、土家語……等等，第一人稱有ŋo、ŋa、ŋai……等（《中國少數民族語言》1987），與客語有相同或相近的說法。除了三身外，人稱領格在構詞形態方面也相似，甚至連語音形態都類同。例如，景頗語人稱代詞「我、你、他」的語音分別為：ŋai˧、naŋ˧、khji˧；人稱領格「我的、你的、他的」的語音分別為：ŋie⁷˥、na⁷˥、khji⁷˥。（劉璐1984）對照到客語人稱分別為：ŋai、ŋ/n̩i、ki；對照到人稱領格分別為：ŋa/ŋai、ŋia、kia，聲調除了新屋或少數其他地區的第一人稱外，多數客語次方言三身的調類表現大致具有一致性。這樣一組的人稱系統與景頗語的對應關係著實令人驚奇，應非屬偶然的巧合。另外，客語三身代詞單複數的說法也與畬語類同。（游文良2002：543-544）鑑於比較法與重建法的兩種重要假設：一種對應關係只能來自於同一個古音形式；後代不同的，假設前代也不同（這兩條原則屬於方法論而非解釋性的問題，並非絕對性），**[19]**我們從漢語方言及非漢語方言中第一人稱的語料，推測第一人稱具有共同的來源，如：《漢語方言詞彙》顯現的20種漢語方言中，第一

---

❶ 有關比較法的探討可參考Norman（1975）、Norman & Coblin（1995）、Crowley（1997）、張光宇（2003、2004）。

人稱的聲母以ŋ-為主要，韻母以uai、uɛ、ɛ、ua、uo、o、ɤ為主要；從客贛方言內部來看，《客贛方言調查報告》顯現的34個方言點中，第一人稱的聲母以ŋ-為主要，韻母則具有uai、ai、a、ɛ、æ、o、ɔ等形式；《中國少數民族語言》顯現的19種非漢語方言的藏緬語中，其中17種第一人稱的聲母為ŋ-（餘2種為無聲母與d-聲母），韻母則有ua、ai、ɛ、ua、a、o、u等。漢語方言與非漢語方言（藏緬語族）在第一人稱方面，呈現系統性的對應關係，同源關係應大過於接觸關係；此外，第一人稱韻母之間的差異也可從音理的角度得到合理的解釋，故而推測*ŋuai為較早的語音形式，之後演化成各種樣貌，不過，音變的模式並非循單線發展，而有可能是雙線或多線發展的格局。只要音變為合理的變化，便可循不同的路徑來發展，方音要選取哪個規律或哪個階段為主要的模式則有所不同。演變的可能路徑，如下所示：

(19)

```
                    ŋai ──→ ŋa ──→ ŋo/ŋɤ→ŋu……
                   ↗      ↘      ↘ ŋæ/ŋɛ……
                  /         ŋæ/ŋɛ
*ŋuai ──────────
                  \         ┌→ ŋuo→ŋu……
                   ↘ ŋua ──┤→ ŋuɛ→ŋɛ……
                    \      ├→ ŋo/ŋɤ→ŋu……
                     \     └→ ŋa→……
                      ↘
                       ŋuɛ→ŋɛ/ŋu……
                       ŋoi→ŋo/ŋɤ→ŋu……
```

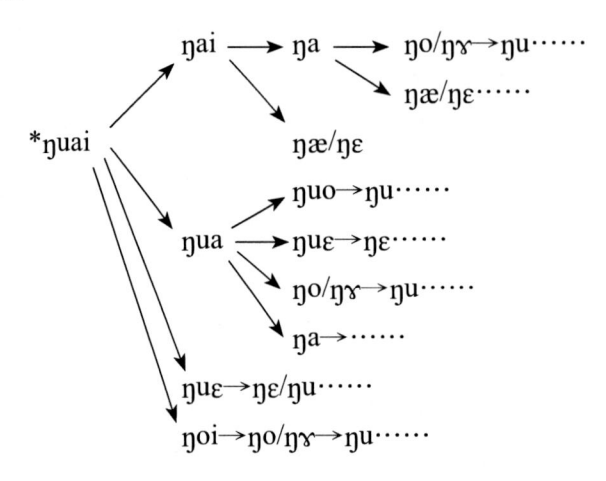

音理上,音變規律的選取或採不同的路徑:可為同性質的音丟失,如ŋ與u舌位上同為後高音,語音上u容易併入ŋ中;或非主要元音丟失,如韻尾i或ɛ丟失(或前述的u丟失);亦或語流上合理的音轉,如ai合音成前中元音ɛ/æ,ua合音成o,a元音高化一層級成o或ɤ,o元音高化一層級成u。

對於客語第一人稱的可能走向(含新屋海陸人稱的來源),應不脫上述的演變路徑,茲同時兼顧漢語方言與非漢語方言歷史的音變規律來考察其來源,從三個向度推論:

(一)ŋo陰平的來源

有兩種可能的來源:一在原鄉時與周遭少數民族語具有同源關係,上述提及很多少數民族的第一人稱為ŋo,且與ŋa、ŋai具有同源關係,而客語鼻音聲母字少數讀為陰平,反映較早的層次,非晚期的文讀音;二從中古漢語次濁上聲疑母字演變而來,「部分古全濁上、次濁上聲字讀成陰平」是客語各次方言表現很一致的規律,反映早期的語音層次,客語此類字少數整齊的白讀為陰平、文讀為上聲,但第一人稱的ŋo,一般認為是個「文讀音」,實際上卻又是個陰平字,因此較有可能反映出另一種不同的層次,屬於較早的文讀層。本文並不排除語言中可能同時受到上述兩種力量的影響而同時變化著,尤其當上述兩種力量具有同源關係時(同屬於漢藏語系)。

(二)ŋai的來源

也有兩種可能的來源:一為在原鄉時與周遭少數民族語具有同源關係,如,景頗語無論在三身或人稱領格的形態及語音都非常相像;二為如同李如龍、張雙慶(1992)所說的,第一人稱保留古韻讀-ai,只是此較難解釋為何客語的人稱及其領格

與西南少數民族語具有這麼大的雷同性？或因漢語與部分西南少數民族語的人稱即具有同源關係,並由較古的ŋuai或ŋai元音高化成ŋoi,且ŋoi只分布在特定的區域之中,並非全面性或大範圍性的擴散變化。[20]接下來ŋoi丟失韻尾成較晚期的ŋo,並與漢語系統文讀音的演變合流。客語第一人稱的演變發展至少有兩支體系：ŋai→ŋa→ŋo或ŋai→ŋoi→ŋo,各方言演變時,因選取的規律不同而造成現今方言之間的差異。

（三）人稱聲調的來源

也有兩種可能的來源：一在原鄉時與周遭少數民族語具有同源關係,少數民族語當中,人稱調值的表現多數三身相同,而新屋海陸客語第一人稱的不同應為後來的變化,即：陽平→上聲。以語流來說,高平變為同為高調的升調這是可能的,[21]尤其在人稱方面,並形成新屋地區的特色,[22]但新屋也有部分人士會讀成高平的陽平調,此應為後起的現象,主要受新竹海陸優勢腔干擾而產生；二為如同李榮（1980）的考證：「代詞讀音互相感染」的結果,由此造成客語在三身人稱的調類上逐漸趨同,而新屋海陸客語第一人稱上聲的讀法則循中古漢語次濁上歸上的規律運行,只是此較難解釋它為何不依客語人稱聲調的「普遍規律」而行,反而自成一格？較有可能是後來的變化而非存古。另外,陰平的讀法則是循客語少數字群古次濁上讀陰平的規律而行,此應該反映較早的層次才是,但第一人稱

---

[20] ŋoi音的使用之所以集中在特定姓氏族群,應與原鄉的區域分布有關,各姓氏在原鄉時即多聚集在同一區域當中。故ŋoi音非屬新屋地區的區域特徵,而是部分范、彭等姓氏族群的用法。

[21] 方言中如果同時具低升調與高升調時,則前者往往非屬高調,後者則屬高調,因而將粵語低升調[13]劃歸為非高調,高升調[35]劃歸為高調,此也是依Jurafsky（1988）所訂。故而方言中若只有一種升調時,則可以劃歸為高調。

[22] 這部分特色不排除在原鄉地區即具有相同的變化。

的陰平卻反而普遍認為是個「文讀音」。第一人稱的說法較有可能反映了多種層次於其中，且ŋai存古已久，陰平的ŋo對客語內部系統來說是稍晚的，但對客語內部的文讀系統來說則又是較早的現象。

　　從上述的語言現象與推論當中，顯示客語人稱的聲、韻、調可能呈現了不同步調的發展，一方面走漢語的體系，另一方面也走西南少數民族語的體系，且客語在不同的次方言之中各自選取了不同的規律而運作，我們實難確切的劃分出界線，說客語的人稱一定是屬於漢語體系，或一定是屬於非漢語體系。漢語與非漢語的人稱系統應具同源關係，尤其是東南漢語方言與非漢語方言的密切關係，因而造成如此相近的人稱代詞體系。語言當中的基礎詞彙一般認為較具穩固性，不容易產生變化，人稱也屬於基礎詞彙，但卻容易產生變化，或更加支持前文第三節述及的觀點：「三身代詞聲調的走向不與其他類詞彙同步調」。

　　即使客語人稱代詞系統的來源牽涉到與西南少數民族語的同源關係，我們仍然要探討漢語方言或非漢語方言中人稱領格的共通現象，並對領格形式形成的機制與來源做出合理的解釋。

第五節　客語人稱屬有構式與小稱音變的關連

　　以下我們先來瞭解人稱領格形式來源的理論依據，其中牽連漢語方言與非漢語方言中，名詞間語意屬性的「親密原則」（intimate principle）於人稱屬有構式中的作用，以及人稱屬有

構式與結構助詞的歷時關係，同時瞭解人稱領格的變化形式與小稱形成的關連性。

一、漢語方言人稱領格與親密原則的關係

在構式語法（construction grammar）的框架，一種構式即表達一種概念，或同時帶有一個或一個以上的語言訊息，構式中的每一個語言成分意義或功能的總和不見得與整個構式的意義相等。（Goldberg 1995、2006）人稱屬有構式「X＋（屬有標記）＋NP」即構成屬有的概念，其中，「X」為人稱單數主格或領格，「結構助詞」可出現亦可不出現，出現與否則牽涉到X與NP間語意的親密程度。

「親密原則」指的是兩個名詞間的親密關係，或意同於「不可轉讓的屬有關係」（inalienable，不可分割性），[23]本章暫且採取較中性的「親密原則」一詞，是因「不可轉讓」通常具有客觀的認定，而「親密」一詞除客觀外，則另帶主觀的認定。例如，「你女兒」兼具不可轉讓與親密性；「他腳」是否為屬有構式則有待探討，但語意上具有不可轉讓性，同時也具有親密關係；人與車子之間為可轉讓的關係，但對某些人來說卻具有親密關係。

以下，我們從人稱屬有構式與語詞語意屬性的關係切入，以瞭解漢語方言與西南少數民族語人稱領格的表現模式，以及領格分布在不同詞彙環境的情形。

---

[23]「不可轉讓的屬有關係」主要是不可轉讓的，一為擁有者（possessor），一為擁有物（possession），這種屬有關係依據的是名詞間的語意屬性（semantic property），常表現在親屬關係詞或身體部位的關連。（Chappell 1996、Clark 1996）

第六章
客語人稱與人稱領格來源的小稱思維

我們在第三節第二小節提及漢語方言人稱領格的表現手法普遍以人稱後接結構助詞的構式為多，只有少數方言人稱領格的音韻形式會隨著後接名詞與人稱的親密關係而改變，文獻中呈現的語料仍普遍存在結構助詞。不過，我們也發現了有些方言，其親屬稱謂詞前的人稱代詞可經由聲調變化或韻調改變而直接構成領格，不需藉由結構助詞來體現，此以東南方言為主，如：湘方言的衡山、廣東惠州、贛方言的湖北蒲圻、陽新（引自劉若雲、趙新2007，√表降升調），以及鄂東方言（引自汪化云2004）等，如下所示：

⑳

衡山	ŋoˊ（我），ŋoˉ（我的）	～娘；
	n̩iˊ（你），n̩iˉ（你的）	～爺（你爸）；
	tʰa˧（他），tʰaˉ（他的）	～婆唧（他的外婆）
惠州	ŋɔi√（我），ŋɔiˉ（我的）	～老公；
	ni√（你），niˉ（你的）	～阿仔（你的兒子）；
	kʰy˩（他），kʰyˉ（他的）	～阿公
蒲圻	ŋoˇ（我），ŋo√（我的）	～姐姐；
	n̩ˇ（你），n̩√（你的）	～哥哥；
陽新	ŋoˇ（我），ŋoˉ（我的）；	
	n̩ˇ（你），n̩√（你的）；	
	kʰɛˇ（他），kʰɛˉ（他的）	
鄂東[24]	ŋo^{54}（我），ŋo^{213}（我的）；	
	ni^{54}（你），ni^{213}（你的）；	
	tʰa^{33}（他），tʰa^{213}（他的）	

[24] 鄂東方言的調值[213]歸為入聲調。汪化云（2004）將人稱領格的形式視為合音現象，且這種合音形式存在於鄂東多數地方方言之中。

人稱屬有構式「X+（結構助詞）+NP」中，當「結構助詞」不存在時，X與NP的語意是否具有「親密關係」，將是決定人稱主格是否能以聲調變化的形式，轉變成領格的主要因素，因為我們發現上述語料中領格的形式，其後均為帶有親密關係的親屬稱謂詞。上述語料若在聲、韻不變的情形之下（如：衡山、惠州、蒲圻、陽新、鄂東等，均為聲、韻不變），則以聲調轉變成高調來表達人稱領格的概念，故而應該非屬連讀合音的性質。然而，客方言的人稱領格是否也是選擇韻調變或調變的路線來演變呢？以下我們先來瞭解人稱領格與結構助詞歷時的關連，說明藉由韻調變或調變形成的人稱領格，其原始形成的機制應該不是經由人稱與結構助詞的合音變化而來的。

二、人稱領格與結構助詞的歷時關係

早在上古漢語，人稱代詞系統即存在不同形式，但大致上仍有整齊的表現。人稱代詞系統在古籍中的分布與用法，今整理並比較如下：

(21) **上古漢語三身代詞系統的分布與用法**

第一人稱		第二人稱		第三人稱	
吾	我	汝	爾	其、厥	之
領格、主格	主格、賓格	分別不大		領格	賓格
中古「吾、我」語法作用較無分別				中古「其」可用於主、賓語；「伊、渠、他」為新形式	

第六章
客語人稱與人稱領格來源的小稱思維

　　王力（1980）指出「我、你、渠」自古以來就是人稱代詞的表徵。自上古以來，人稱代詞系統的用法即存在差異性，至於這是不是一種「變格」，學者仍不敢斷定。以下我們先來瞭解早期文獻的相關探討，包含「之」、「个」與人稱系統的互動關係。[25]

　　根據王力（1980：333，395）的分析：「之」最初為指示代詞時是放在名詞之後的複指，表示屬有，如「麟之趾」；在先秦史料中，「之」做為名詞定語的介詞佔大多數，如：「予欲觀古人之象」。王力也主張上古人稱後面不能加表示屬有的介詞或指示代詞「之」，如先秦沒有「吾之」、「我之」、「汝之」、「爾之」等等說法。

　　王力（1980：236）同時也指出「个」原來只是竹的單位，如《史記‧貨殖列傳》：「木千章，竹竿萬个。」「个」字的應用範圍到唐代時則擴大許多，包含指人的單位也可以稱「箇」。石毓智（2004）認為「个」的指代詞用法最早見於隋唐初期的文獻，而結構助詞的用法直到唐末的文獻才出現，也就是說石認為作為結構助詞的「个」是從量詞演變成指代詞，而後指代詞再演變成結構助詞。

　　以上，只是為了要說明兩件事：（一）早期人稱之後不能加表示屬有的介、助詞詞素；（二）今方言中普遍使用的結構助詞是從量詞經由指代詞，亦或直接由指代詞發展而來。對於第二點，石毓智（2004）在〈量詞、指示代詞和結構助詞之關係〉有很好的論證分析；對於第一點，除了漢語方言的情形之外，我們也可從非漢語方言中西南少數民族語人稱代詞系統的表現來瞭解。

---

[25] 現代漢語領格的表現手法則與結構助詞「的」具有密切的關係，做為語尾詞興起的「的」字則是後期的口語詞。

169

三、非漢語方言人稱領格、結構助詞與親密關係

西南少數民族語中,我們找了與客語人稱代詞系統類同的景頗語與載瓦語來比較,這兩種語言為景頗族主要使用的語言,均屬漢藏語系下的藏緬語族。比較單數人稱代詞系統及結構助詞如下:[26]

(22) 景頗族三身代詞系統

		第一人稱	第二人稱	第三人稱	結構助詞（領屬）
景頗語	主格	ŋai˧	naŋ˧	khji˧	
	賓格	ŋai˧	naŋ˧	khji˧	aʔ˩
	領格	nje²˥	na²˥	khji²˥	
載瓦語	主格	ŋo˩	naŋ˩	jaŋ˩	
	賓格	ŋo˩	naŋ˩	jaŋ˩	e˥
	領格	ŋa˥	naŋ˥	jaŋ˩	

景頗語的單數人稱代詞經由內部屈折構成領屬代詞,在這三身領屬代詞的後面也可附加結構助詞表屬有關係。如下所示:（下述語料中,例(23)顯示不存在結構助詞,例(24)顯示可存在或不存在結構助詞）

(23) naʔ˥　　lǎ.ˈpu˩ tʃom˥　　ko˩　　kɹai˩tsom˩　　nit˩ai˧
　　你（領格） 裙子　　倒　　（語氣助） 很漂亮　　（語尾助）
　　你的裙子倒很漂亮。

---

[26] 景頗語的語料取自劉璐（1984）；載瓦語的語料取自徐悉艱、徐桂珍（1984）。

(24)　naˀ˥˩　　（或naˀ˥aˀ˩）pa˩loŋ　tʃe˥　mat˩　　sai˧
　　你（領格）　（你的）　　衣服　　破　丟失　（語尾助）
　　你的衣服破了。

載瓦語單數人稱代詞分成主格、賓格、領格三種形式，主要用聲調變化區別。第一、二人稱的主格是高降調，賓格是低降調，領格是高平調；第三人稱的主格和賓格是低降調，領格是高降調。單數人稱領格之後可接名詞組，或其後還能加表屬有關係的結構助詞。如下所示：

(25)　ŋa˥　　poŋ˥　tin˥　　ŋut˥ le˩　是我的鋼筆。
　　我（領格）　鋼筆　　　　　是（謂助）

(26)　ŋa˥　　e˥　pu˩thuŋ˩　ŋut˥le˩　是我的背心。
　　我（領格）　的　背心　　　是（謂助）

景頗語和載瓦語具有共同的一個特徵，不管三身為中平調或降調，基本上，領格的聲調除了載瓦語第三人稱從低降變高降外，其他都趨向高平調，配合(18)藏緬語三身代詞領格類同的表現手法，這些透露了什麼樣的語言現象呢？假若景頗語和載瓦語的領格是透過合音機制形成的，較難說明的是：（一）聲調為何均轉變成高調？這部分體現在漢語方言與非漢語方言的領格音變行為則具有較大的一致性；（二）「ŋai˧＋aˀ˩」是如何轉變成「nje˥」，且與第二、三人稱領格的演變不同？同理，「ŋo˩＋e˥」為什麼不是轉變成「ŋo˥」卻是「ŋa˥」？[27]
（三）為什麼表屬有的結構助詞在領格之後可選擇性的使用？

---

[27] 客語當中，第一人稱領格的變化也較常與第二、三人稱領格的變化不同調。

前述「今方言中普遍使用之結構助詞是從量詞經由指代詞的發展而來」，此推論亦適用於西南少數民族語，也就是結構助詞「aʔɿ」或「eŋ」為後來進入的助詞用法，人稱領格的變化形式則是民族語當中較早期的用法，因而才有後期「兼用」型的用法。只是西南少數民族語的屬有構式「X+（結構助詞）+NP」中，X與NP似乎沒有走向語意屬性是否具有「親密」性來發展，也許從其自身的語言觀點或語言結構的類推效應，「屬有」即帶有「親密關係」，但對漢語方言或其他方言來說，多數傾向於親屬稱謂詞或具親密關係的詞彙才可以「領格+NP」的形式來表現屬有關係。不過，我們從現有西南少數民族語的語料當中，並未發現若NP代表的是親屬稱謂詞時，「結構助詞」是否仍能選擇性的進入屬有構式之中，對此，我們仍能透過幾種具同源關係的語言來比較並推論其可能的發展關係。以下比較前述幾種語言的屬有構式：

(27) **語言中屬有構式的比較**[28]

	屬有構式（單數）	後接詞彙	親密性	語言	句例（客語）
A	領格	親屬稱謂	＋＋＋	閩南語、四縣客語、海陸客語	厥老妹。（他的妹妹）

---

[28] 此處所列的語言樣本雖很少，但其各種屬有形式的表現卻足以解釋漢語與非漢語方言屬有構式可能的變化。因篇幅所限，日後仍希望可以提供較多的語料來支持相關的論點。

第六章 客語人稱與人稱領格來源的小稱思維

	屬有構式（單數）	後接詞彙	親密性	語言	句例（客語）
B	領格	親屬稱謂	＋＋＋	苗栗四縣	惹老妹。（你的妹妹）
		非親屬稱謂	－－		惹杯仔。（你的杯子）（新屋四縣不普遍）
C1	領格＋結構助詞	親屬稱謂	－	新屋四縣、新屋海陸	厥個老弟。（他的弟弟）[29]
C2		非親屬稱謂	－－		厥個財產。（他的財產）
D	人稱	親屬稱謂	＋＋＋	海陸客語、新屋四縣（第一人稱）[30]	𠊎餔娘。（我的老婆）
E	人稱＋結構助詞	親屬稱謂	－－	閩南語、四縣客語、海陸客語	你個老弟。（你的弟弟）
		非親屬稱謂	－－－		你個菜。（你的菜）

[29] 此類型較A型少用，表示不同的語意、語用功能。
[30] 此應受新屋海陸第一人稱領格的影響，海陸腔第一人稱代詞與領格同形同音，均為 ŋai⁵⁵，相較於四縣，其第一人稱代詞與領格不同形也不同音，分為：「𠊎」ŋai¹¹、「吾」ŋa²⁴。

173

從A、B、C、D、E五種屬有構式來看，透過方言比較，[31]A、E是相對互補的兩種屬有形式，以閩南語、海陸客語（新竹海陸為主要）為典型，推測A、E是早期存在的形式；與A型相較，兼用親屬與非親屬稱謂的B型則是後期產生的（且苗栗四縣的「領格＋非親屬稱謂」構式可經由連讀變調類推出）；與E型相較，兼用親屬與非親屬稱謂的C型（含C1、C2型）亦是後期產生的。當一語言系統同時並存兩型，加之結構助詞為晚來的詞素，結構助詞興起之後並普遍成為語言當中表示屬有關係的形式，因而推論B、C為後起型。另外配合第五節第二小節人稱領格與結構助詞的歷時關係，早期三身或人稱領格之後應是不帶表示屬有的介、助詞詞素，若要表示屬有關係，即以人稱主格變化成領格，之後表屬有的結構助詞進來，主要置於人稱或其他代名詞之後，成為普遍的語言現象，由此類推泛化的結果，導致兼用型（B或C的情形）可並存於同一系統之中。至此，對於少數民族語親屬稱謂的人稱領格用法，如景頗語和載瓦語具有B、C2型，現有書面語料雖無法證明是否具有C1型（領格＋結構助詞＋親屬稱謂），但據領格的出現可能與親密性有關來推測，語言有C1型者不見得有C2型，有C2型者則通常應有C1型，因此景頗語和載瓦語應同具B、C型，故而應該也屬後期的發展。

---

[31] 此處比較以人稱與領格形式不同者，且不存在結構助詞者為主（此以客語為例，閩南語亦屬此類）；華語因不存在此種差異，故較難比較出結果。

對於屬有構式的歷時發展,我們可整理如下:

(28)
　　　　三身或人稱領格之後不帶表示屬有的介、助詞詞素

領格＋親屬稱謂（A型）　　　　　　　（結構助詞產生）

　　　　　　人稱＋結構助詞＋親屬／非親屬稱謂（E型）

領格＋親屬／非親屬稱謂（B型）

　　　　領格＋結構助詞＋親屬／非親屬稱謂（C型）

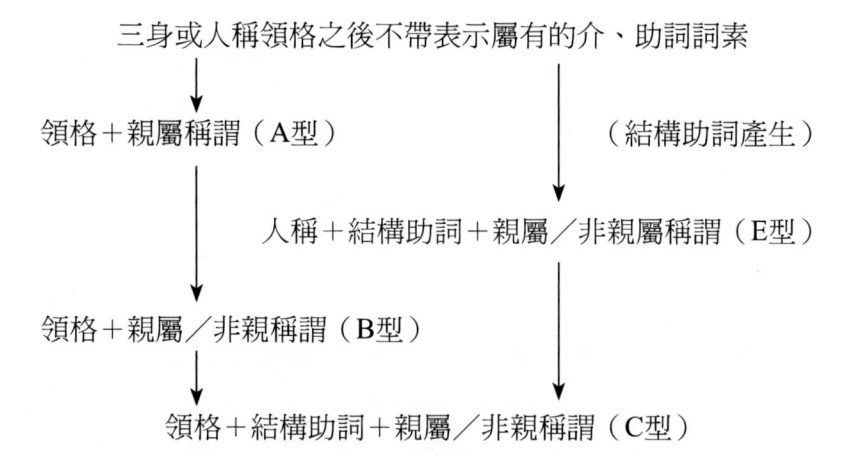

以下繼續要回答的是,漢語與非漢語方言人稱領格的聲調變化,方言間為什麼歸屬在不同的調類,且為什麼都傾向於高調?

四、人稱領格的表現與小稱的關連

人稱領格的表現與小稱具有什麼樣的關連?漢語方言中的小稱詞,凡是合音變調型的,幾乎以高平、升調為多,平田昌司(1983)在眾多的漢語方言之中,主張小稱變音分布得最廣泛、也佔最多數的是高升、高平調,雖也有降調(以高降為主),但只是少數。像是粵語(Jurafsky 1988、1996)、粵北土話(庄初升2004)、浙江方言的義烏話和湯溪話(王洪君1999,曹逢甫2006)、東勢大埔客語(董忠司1996,羅肇錦1997、2000,江敏華1998,張屏生1998,江俊龍2003,曹逢

175

甫、李一芬2005)等。此外,Ohala(1983、1984、1994)主張一種高調理論,包括高調與弱小間具有討好的相關性,且高調與細小親密之間具有一種生物學的關係,而這種關係不但跨語言、甚至跨物種而使用高調,朱曉農(2004)進而將此理論應用在小稱變調多種形式(高升、高平、超高調、喉塞尾、嘎裂聲、假聲等)、以及不同功用(從親密到輕蔑)的解釋。朱也認為東南方言中的變調小稱,以高平或高升為多,進而主張小稱音的高調現象有著「共同的來源」,但此處非指共同的歷史來源,而是指相同的生物學原因,猶如作者文章題目所示:〈親密與高調〉,其理據是出於由憐愛嬰兒所產生的聯想。

曹志耘(2001)曾指出吳語湯溪方言變調型的小稱詞以稱謂、人名居多。若如此,為什麼在稱謂、人名中的小稱詞會有較不一樣的語音形式,而且是以變調型中的高調類型居多?當一方音系統存在小稱變調時,通常人名愛稱或其他指人稱呼的小稱變調,具有極親密的關係,故而稱謂、人名的小稱詞容易為小稱變調的形式,而較不以分離式的後綴小稱表示。[32]至於高調類型居多,此則與Ohala(1983、1984、1994)主張的高調理論有關。[33]

人稱領格的聲調表現似乎和小稱變調的模式具有某種關連,兩者的高調行為均和語詞語意屬性的親密原則有關。小稱與人稱領格的差異在於小稱詞的本義是由「指小」而泛化成非

---

[32] 語意屬性的親密關係會對小稱構式中的語音形式產生影響,進而形成變調型小稱,此並非針對所有的語言,主要針對語言中具有或即將具有變調型小稱的發展而說的,因為漢語方言中,若有變調型小稱時,通常以親屬稱謂詞為多。例如,臺灣閩南語即不如此發展,是因臺灣閩南語尚未發展出變調型小稱,例如人名「張仔阿義」或「阿義仔」時,字詞間仍可具有切分的關係。
[33] 有關高調理論的相關討論,參見賴文英(2009)。

具指小意,人稱領格則不具「指小」的含意,但兩者在高調方面的共通性則同為表徵親密關係,故而人稱領格的高調現象與小稱變調的高調現象,也有著共同的非歷史音變的來源——同為語言當中親密關係的表徵。只是對於小稱歷史音變方面的來源,本章尚無法回答此問題,對此,我們參考平田昌司(1983)將小稱音變的來源構擬成緊喉咽作用,另外,陳忠敏(1992)認為吳、閩語的小稱具有兩支來源,一為「囝」,[34]為古百越語殘留在今漢語南方方言裡的底層現象,演變到後來為喉塞尾形態(如吳語其一的小稱形式),另一為「兒」,為漢語本身固有的小稱形態,我們發現漢語或西南少數民族語中,部分人稱領格的形式具有「高調加喉塞尾」的現象,跳脫人稱音韻系統正常演變的模式,似乎反映較早的語音現象,是否與小稱音的歷史起源有關,本章暫時保留態度,待日後有較充分的語料再予論證。

雖說漢語方言人稱領格的韻調或調產生變化時,聲調往往以高調為多。(劉若雲、趙新2007)但整體而言,漢語方言人稱領格的變化形式(或小稱音變行為)在比例上仍佔少數,內部次方言間的表現也不具一致性(客語或除外)。反觀西南少數民族人稱領格的表現手法,不少是以「韻、調」變化或「調」變化來表現領格,領格的調值也以高調為多。故而在探討漢語方言人稱領格的來源時,也不能忽略非漢語方言的人稱代詞系統。

---

[34] 有關閩南語小稱「仔、囝」的本字論述,參見連金發(1998),曹逢甫、劉秀雪(2001)。

第六節　結語

　　漢語方言雖不具有「格」的範疇,但從「三身代詞聲調的走向不與其他類詞彙同步調」的觀點來看,人稱領格的表現似乎具有「格」的形態變化,[35]且與西南少數民族語同源,而這種「格變」亦屬小稱音變的一種類型,只是人稱領格的小稱變化與小稱詞的小稱音變屬於不同時代及不同性質的音變類型。

　　語言之中不見得透過相同的手法來表示親密的屬有關係,如華語表達親密的屬有關係通常不透過結構助詞來呈現,且人稱的聲、韻、調也沒有改變,如「我爸爸」、「我爺爺」較之「我的爸爸」、「我的爺爺」,語意上更表親密性。閩南語也不透過結構助詞呈現人稱領格與親屬稱謂的屬有關係,主要是人稱的聲、韻、調均不變,但在韻末多出舌尖鼻音而成人稱領格,且人稱領格形式同於人稱複數形式,是巧合亦或表某種同源關係,尚無法確知,但其人稱領格、人稱複數的構成方法則近於西南少數民族語的人稱格變。客語則以調變,或韻、調變化等方式來呈現親密的屬有關係,聲調變化並遵循高調理論來發展,但因為詞形或韻、調與人稱主格形式不同,故而往往將其視為格變,只是「格變」並非漢語普遍的語法形式,不過,在西南少數民族的人稱系統之中,卻存在不同形式的「格變」,常見的如領格、主格、賓格、複數格等等,閩、湘、贛、客部分的人稱代詞系統與之應具有同源關係,進者更是均表親密關係的某種小稱音變模式。

　　此外,我們也可透過客語副詞「恁」(這麼)以及人稱、

---

[35] 湯廷池老師建議可將其視為「領位」,一來與主位、賓位相對,二來可解決漢語普遍不存在「格」的語法範疇問題。

第六章
客語人稱與人稱領格來源的小稱思維

結構助詞在句法中的互動來觀察人稱領格傾向於小稱音變行為而非合音行為。副詞「恁」，四縣音為 an^{31}、海陸音為 an^{24}，均為上聲，表程度的加強，但在表示程度相反的小稱音時，四縣與海陸均以高平調表示。「恁」的高平調雖具有小稱變調行為，但四縣此字的聲調變化卻不同於自身系統的小稱後綴且為上聲調的表現模式，說明這是一種屈折調而非小稱合音調，海陸「恁」的聲調變化則碰巧與自身方言小稱變調的其一模式相同。雖然「恁」看似為特例，但卻說明語言中的變調行為可以循多種類型來進行。

客語人稱領格非屬合音行為的表現也可從句法結構中，領格與結構助詞的互動來觀察。一樣從方言來比較，四縣、海陸的人稱領格與結構助詞在句末的表現不同，比較如下：

(29) 四縣：「係厥（个）」（是他的）

he^{55} kia^{24} / he^{55} kia^{11} e^{55} / he^{55} ki^{11} e^{55}

(30) 海陸：「係厥个」（是他的）

he^{11} kia^{55} e^{11} / he^{11} ki^{55} e^{11}

四縣「係厥（个）」（是他的）「厥」＋「个」的聲調結構為：LH＋HH，語流中容易合音成：LH，即LH＋HH→LH，結構助詞「个」可用或可不用。說明四縣後期或可用合音模式來解釋人稱領格的形成，那是因為表屬有的結構助詞正好為高平調，符合語流的升調演變，至於結構助詞的韻母「e」，從音理與語流的合併來看，也容易併入領格的韻母「a」之中。海陸的表現則與四縣不同，海陸「係厥个」（是他的），句末

的結構助詞必須存在，領格高調的形式不能單獨置於句末。觀察前述(17)的語料：「厥貓子」、「惹銃仔」為四縣語料，可以不存在結構助詞，若轉換成海陸，結構助詞則無法省略，或勉強以合音成高降調，即：HH＋LL→HL，但HL已不同於海陸人稱領格高平調HH的用法。從相關語言的比較當可證明，客語早期人稱領格的表現並非透過合音機制產生的。

　　小稱詞與人稱領格的構詞手段可以殊途同歸，形式上，小稱詞可以透過音節節縮或聲調變化來達到小稱的功能，人稱主格則多以聲調或韻調變化的方式來達到人稱領格的表現。無論是漢語方言或非漢語方言的人稱系統，從結構助詞的歷時演變，三身、人稱領格與結構助詞在句法中的互動，以及領格聲調普遍走向高調理論等的種種現象來看，漢語、非漢語方言人稱領格的變化形式與表親密、愛稱的小稱音變，其理據應是相同的。

第七章　結語

　　本書從微觀角度探討區域之內不同的方言之間，因語言自身的演變、社群的活絡性、社群的文化特色等種種語言內部因素與外部社會因素，而導致各語（含各方言）產生不同類型的語言變體，變體間逐漸趨同或趨異；在語言結構、人群互動之間，其產生的語言變體反應出共時與歷時層面的語言演變思維；同時，本書也從漢語方言的宏觀角度，共同思索或印證相關的問題。本章架構如下：第一節：本書總結，主要對本書的研究成果做一回顧性的總結；第二節：研究意義，主要從語言變體與「層」的研究意義，以及區域方言的研究意義兩小節做一說明；第三節：未來期許，主要說明由本書延伸思索以及在未來可繼續探討的議題。

第一節　本書總結

　　本書語言變體與區域方言的研究，我們先探討語言調查與音位標音的問題，說明語言調查與音位標音具有多能性，但在多能性之下，仍需具備音位選取的原則與語言調查的步驟。次而我們探討區域方言變體的文化思維，例如，新屋地區的客語特色是如何形成的？以具有多方言現象的新屋來說，其形成的語言特色與消長，很大一部分與家族的興衰有關，從而造成語言文化產生變遷，故而在定位新屋客語時，亦不可忽略文化層面的向度。

　　此外，我們探討了區域方言之中的四海話與小稱詞，包括

語言變體 與區域方言

　　新屋客語的接觸演變與趨異、趨同變化，及其共時變體與歷時音變之間的關係，其中四海話的形成，土人感的「聲調」語感在優選理論中則扮演重要的制約角色。不過，新屋海陸客語小稱詞的變化並不循方言間的對應原則而趨同，反而隨著區域方言內小稱系統具有不同的演變規律而趨異或趨同。趨異的主要動力來自於語音分布條件的不同與外來成分不斷的影響變化所致；趨同的主要動力則來自於區域方言內潮流性的演變力量，並與語音演變的自然趨勢有關，而這種趨同的動因又和各混合方言在當地優勢海陸腔的主導之下，由不同的語言層次加上內部的音變層次，彼此相競互協，從而造成新屋海陸腔的小稱變體也具有不同的層次類型，大致上以變調型或疊韻型小稱為主流，並形成區域方言中的特色，此特色表現在臺灣海陸客語小稱高調徵性的形成，此則與跨語言的小稱高調理論有密切的關係。

　　最後，我們從區域方言的延伸思維來看客語人稱系統體現在小稱格局的變化，從構式（小稱構式與人稱領有構式）語意屬性的親密原則或不可轉讓的屬有關係來看，人稱領格屈折形式形成的機制則與小稱詞小稱音變的形成具有相同的理據來源。如果小稱音變形成了不同層次的語法化輪迴現象，那麼，人稱領格屈折形式的小稱音變則是屬於另一層次，由東南方言人稱領格的屈折形式與西南少數民族語的人稱領格具有同源關係來看，人稱領格的小稱行為應屬較早層的語法化輪迴，且人稱領格的屈折形式與後來形成的人稱領格後接結構助詞的形式，兩者的演變關係則造成人稱領有構式中的成分產生變動，並造成混用的情形。

第二節　研究意義

本書研究意義可從兩方面來理解：一、語言變體與「層」的研究意義；二、區域方言的研究意義。

一、語言變體與「層」的研究意義

本書的研究範圍著重在層次的模糊地帶（fuzzy area），而層的模糊地帶則含括語言接觸與內部音變兩股力量而產生的互協變化。在歷史音變的考察中，容易忽略在音變當中可能隱藏的接觸成分，而在語言接觸的考察當中，往往也容易忽略內部音變的力量。是故，本書將語言學方面的「層」（stratum）擴充並定義在：當語言因外來接觸或內部音變發生新的變化時，新舊之間變化所產生的不同語言變體，並會對新的變化發揮不同的作用力，這些不同的作用力，在結構上所表現出來的痕跡，稱之為「語言層」（linguistic stratum）。故而語言層包含三大成分，一為異質成分，二為歷史音變成分，三為模糊地帶成分，本書的研究則較致力於模糊地帶的成分分析，因為即使為歷史音變成分，在歷時的形成過程當中，也有可能來自外來成分的疊加。不過，在可能的情形之下，我們仍要分辨何者扮演影響變化的主要力量，何者扮演輔助變化的次要力量。

「層次理論」不同於西方語言學理論有較明確的一個理論框架，但以層次理論卻能較好的解釋有關漢語方言時間層與空間層的語言演變及其相關問題。本書分別從內外觀點、縱聚合關係來瞭解區域方言中的語言變體。對於歷史上某些因長期語言接觸而產生的語言變異現象，通常不容易在「層」或「語

言變體」的架構之下找到它真正的歸屬,但是,我們在共時音變的語言變體類型當中卻又發現它隱含的歷時音韻變遷。基本上,我們運用了不同的「比較」來探討不同的議題,含共時層面的比較與歷時層面的比較,臺灣客語的四海話、臺灣海陸客語的小稱詞、客語的人稱系統等等,大體上,均採取了類同的分析原則。以下從兩方面來瞭解語言變體和「層」之間關係的研究意義:(一)四海話縱橫交錯變體的理論思維;(二)小稱多層次變體的理論思維。

(一)四海話縱橫交錯變體的理論思維

新屋地區具有多種方言,各方言在大宗海陸腔強弱不等的影響之下也都各具特色。如:豐順聲調調值趨於海陸腔化,但小稱系統卻不受影響;四縣受到海陸聲韻與詞彙語法的影響而成四海話,或海陸受到四縣聲韻與詞彙語法的影響而成海四話,原則上,四縣因對應原則而與海陸趨同,但各自的小稱系統演變模式大部分卻不循對應原則而趨同變化,致使新屋區域方言中的趨同變化有兩種方向:一依對應原則使得方言間的結構和文法範疇方面變得漸趨相似,而且是成批次的對應感染,如四海話或少數海四話的形成;二為區域內形成的演變力量,且這種演變力量和語言演變的自然趨勢及外部力量有關,如新屋海陸腔的小稱音變。

「四海話」在定義時應遵循四個基本原則,其中以「照顧到語言使用者的語感」(即土人感)做為狹義四海話與海四話類型區別的主要原則。從優選的觀點,不管母語為四縣或海陸,也不管在說四縣或海陸話時,聲調的忠實性位階應位在較高層級,對具有雙聲帶的土人感來說,四縣的聲調或海陸的

第七章 結語

聲調都是他們最固有的成分,位階均置於最高層級,此不僅符合四海話定義中的土人感原則,亦符合普遍的語言現象,大致上四海話的發音人會保存四縣或海陸的聲調,但聲或韻則趨同於另一方言,依本書定義前者為狹義的四海話,後者為狹義的海四話,二者同為廣義的四海話,但因區域中的海陸腔為優勢腔,較容易系統性的影響四縣腔而成為狹義的四海話,狹義海四話的形成則不似四海話具有較系統性的變化。四海話的形成與演變,除了共時變異的橫向感染之外,也與歷時性的縱向演變具有某種因果關係,基本上由今音對應原則導致一系列的詞均往相同的方向演變,而古音來歷在方言中的分化卻是引發演變的間接因素。另外,小稱系統除了少數的演變之外,大部分並不循「四海話」的演變模式而行,說明小稱系統另有演變的規律與方向。

(二)小稱多層次變體的理論思維

當共時層面的小稱形式具有多層次變體的現象時,我們應如何釐清變體間可能的共時關係與歷時關係?要從什麼樣的角度才能審視小稱音變比較整體的音變格局?不管從共時層面或歷時層面來看,都有可能產生中間過渡的變體階段或接觸的成分,而歷時層面小稱的語意與語音則各自形成不同的語法化輪迴。本書在「層」與「語言變體」的架構之下借助相關理論來論證相關的音變現象,不使本書局限在單一框架之下而無法察覺應有的音變格局。其中,小稱音變往往牽涉到語意、語法層面的互動,對此,我們借助跨語言特性的高調理論先釐清小稱共時音變的大致方向,再來思索小稱音變可能反應出的時間層關係,同時也注意到空間層可能帶來的變化。

小稱詞的研究引領出一種不同於傳統音韻學的研究方法──非線性音韻發展的方向，並跳脫傳統的單字音演變模式，轉而注意語法層面可能帶來的影響，本書同時也注意到接觸層面的可能影響，尤其在內、外因素雙重的影響之下，方音系統著重選取哪一規律而行則有所不同，甚至同一方音系統中的不同類型變體都各有其演變的規律與方向。本書研究區域的小稱詞具有豐富的變體，使得我們可以較好觀察小稱音變的起源、過程及合音的機制。在豐富的變體當中，我們也觀察到小稱在多層次變體之下逐漸趨同的格局，透露出區域方言中語言演變的層次性與總的特徵性。因而在分析不同類型的小稱變體時，兼具理論語言學與歷史語言學的分析性，也使得小稱變體對於層次的研究具有不同的意義。是故，小稱的音變現象除了不能忽略外來層面的影響，內部層面尤不能忽略「中立化」的語音現象，在方音系統中通常有其連讀變調或語流變調的規律，這些規律往往導致小稱變調或小稱音變。但在小稱變調或小稱音變發生時，因方音系統各詞彙所具有的語音環境條件不同，亦或詞彙類型不同時，因而可能導致小稱不對稱性的變化。當小稱具有不平行的演變關係時，我們應分離出是內部音韻或語意條件使然，或外部條件所致，亦或是內、外互協的結果。故而小稱對於漢語方言歷時層面的研究，著實可以補充歷史音變考察上的不足。

　　另外，客語人稱領格屈折形式的小稱表現不同於小稱詞音變的格局，說明客語人稱領格與小稱詞的音變模式較有可能是屬於不同時代層次的演變。人稱代詞系統中，領格的小稱音變行為即自行走完一階段的語法化輪迴，且較有可能反映較早的

第七章

結 語

音變格局,這從客語次方言間普遍的領格變化,以及與西南少數民族語間對應的類同變化中可推測出;小稱詞的音變模式則屬另一階段的語法化輪迴,且小稱詞在演變的過程當中,又各自具有不同的語法化輪迴變化,如語意、語音與小稱構式等,其中,語音又牽連不同的時代層與地域層,且構式中語意屬性的親密原則與不可轉讓的屬有關係則又牽連構式的變動與小稱的語音變化,從而造成小稱演變具有不同的層次類型,此或反映在不同的小稱語音形式當中,亦或反映在不同的詞群當中,而詞群間所屬的層次類型彼此又相互影響並類推。

共時平面的多層次小稱變體,若不加以詳析變體層次之間的關連,包括時間層與空間層的疊積,則容易誤解變體之間的關係。具有相同小稱音變理據來源的人稱領格與小稱詞音變模式,或因時、空的差距而分別在不同的時代、地域而形成個別或交互演變的階段性,也甚至在不同的詞彙類型中各自完成演變的階段性。因而語言變體的形成包括不同時代、不同性質語音演變的層次類型,或外來成分的接觸變化,甚包括內外互協的交替變化。

二、區域方言的研究意義

區域方言的研究意義可從兩個方面來觀察:(一)方言的混雜性與區域特徵的形成;(二)接觸語與來源語的互協變化。

(一)方言的混雜性與區域特徵的形成

當區域中存在不同的方言或語言時,方言或隨區域聚落的分布,亦或隨方言島的形成而逐漸分化並自成一風格,方言也

語言變體與區域方言

或因外來成分不斷的進入，而一直處於變動之中，但方言也可能因區域中的互協而自成一區域特徵。

臺灣語言生態環境的改變，這一代和下一代的母語面臨斷層的危機，所以無論是新屋海陸腔的小稱詞演變，或新屋四海話的演變也面臨斷層的危機，此種「變化中」的語言也許在它還來不及演變成「變化後」時，便可能隨著客語承傳上的斷層而中斷變化，由此形成區域方言自身的特色。區域中的多方言如何演變，如何整合形成區域的特徵，又如何從混雜性的方言之中區別出各自的特徵，這便是區域方言研究的意義。

（二）接觸語與來源語的互協變化

區域中的多方言存在著接觸語與來源語，然而，誰是接觸語，誰又是來源語則難以切分。在多方言的區域中，容易因溝通的需求而形成共通語（Lingua Franca），或形成區域中的通行語，通行語若為使用範圍廣的方言，則通行語通常為當地的優勢語，同時也容易影響其他弱勢語，成為其他接觸方言的來源語，若通行語非當地使用廣泛的方言（例如臺灣華語為臺灣的通行語，但使用範圍不及臺灣閩南語），則通行語容易同時成為接觸語或接觸的來源語。

即使優勢語有主導區域中方言特色的形成，但其他方言卻也容易在不知不覺中影響優勢語，這一點我們可以從語言習得或學習的移轉過程中得知，非優勢語的其他方言通常在習得或學習優勢語的移轉過程中，不見得能夠成功的移轉目標語，因而容易造成接觸語與來源語的互協變化。以本書的小稱詞為例，我們比較具有較同質性方言特色的新竹海陸腔，此區域較不容易產生繁複的語言變體，同時語言的變化也容易往一致性

第七章　結　語

的方向發展，而具有混合性方言的新屋地區則容易產生繁複的語言變體。當然，我們也需比較區域中優勢語與非優勢語所佔的大約比例，因而才能較好比較出變化中的語言特色。新屋廣義四海話的形成正是因當地海陸腔為優勢語，但四縣腔的影響力量也不容忽視，故而各自形成狹義的四海腔與海四腔。又，非優勢語在習得或學習優勢語時，容易在批次性的移轉當中將變體整合，由此形成不同時代層或不同地域層的方言，而變體在共時系統中則疊加成區域方言中的特色。至於非以海陸腔為母語的人士在新屋所佔的比例為何，我們雖無法得知確切的數字，不過由當地存在的多方言現象來看，所佔比例應不少，這對於當地海陸腔小稱詞語音特色的形成應為一大助因。

第三節　未來期許

　　隨著交通的便利、網路社群的蓬勃發展、人與人之間的互動頻繁，「方言島」（dialectisland）已快成為一個歷史名詞了，單一純淨、不受汙染的語言也不復可得，取而代之的將是區域網絡的發展。但未來「地球村」的遠景將是如何呢？語言的發展會不會又因地球村的關係而愈來愈同質？並導致世界上的語言種數更加減少了許多？有太多的問題是我們無力回答的，故而當下的我們只能及時把握住語言演變的面貌。由本書研究議題的延伸，期許未來可以展延相關的研究：

（一）小稱與人稱代詞研究的延伸思維

　　本書在探討人稱代詞時，發現人稱代詞與小稱之間，具有某種程度的關聯性，此即牽涉到「个」與小稱詞的關連，而前

者又往往與東南地區漢語方言的整個代詞系統以及「个」的演變有關,因而相關討論的議題包括:漢語方言代詞系統與「个」的關係,「个」的歷時來源與共時變化,「个」與小稱詞的關係,漢語方言「个」與小稱詞的類型學視角。

(二)語言變體與自然語言研究的延伸思維

本書很大一部分著重在自然語言的研究,包含語言變體的研究,而區域方言的特色又往往可反應在區域性的文本研究當中,其中,語言變體的呈現則可反應口語性文本與社會結構之間的關連性。故而若連結上一點的議題,相關討論的議題包括:人稱代詞或「个」、小稱詞反應在文本中的特色,文本分析與社會結構關係的研究,文本、社會、語言與歷時演變的類型學視角。

(三)共時語法與歷時語法比較研究的延伸思維

本書關注的議題包括音變與語法變化,未來將以前述相關議題,以宏觀面漢語方言與非漢語方言共時語法的比較研究,從中剖析歷時語法比較的研究意義,及其在類型學研究的意義。

參考文獻

1. Bloomfield, Leonard. (1933). *Language.* Chicago: The University of Chicago Press. 布龍菲爾德著（2002）。**語言論**（*Language*；袁家驊、趙世開、甘世福譯）。北京：商務印書館股份有限公司。
2. Chao, Yuen Ren.（趙元任）. (1947). *Cantonese Primer.*（《粵語入門》）. Cambridge: Harvard University Press.
3. Cheng, Ming-chung. (2006). *An Optimality-Theoretical Study of Diminutives in Yuebei Tuhua.* Unpublished doctoral dissertation, Department of English, National Kaohsiung Normal University, Kaohsiung. 鄭明中（2006）。**粵北土話小稱詞之優選理論研究**。未出版之博士論文，國立高雄師範大學英語學系博士班博士論文，高雄市。
4. Chomsky, N.. (1965). *Aspect of the Theory of Syntax.* Cambridge: The M.I.T. Press.
5. Chappell, Hilary. (1996). Inalienability and the personal domain in Mandarin Chinese discourse. In Hilary Chappell & William McGregory (Eds.), *The Grammar of Inalienability: A Typological Perspective on Body Part Terms and the Part-whole Relation* (pp. 465-527). Berlin and New York: Mouton de Gruyter.

6. Clark, Marybeth. (1996). Where do you feel? Stative verbs and body-part terms in Mainland Southeast Asia. In Hilary Chappell & William McGregor (Eds.), *The Grammar of Inalienability: A Typological Perspective on Body Part Terms and the Part-whole relation* (pp. 529-563). Berlin and New York: Mouton de Gruyter.
7. Comrie, Bernard. (1989). *Language Universals and Linguistic Typology: syntax and morphology*. Oxford: Blackwell Publishing Ltd.
8. Crowley, Terry. (1997). The comparative method. In Terry Crowley & Claire Bowern, *An Introduction to Historical Linguistics* (pp. 87-118). New York: Oxford University Press.
9. Ferguson, C.A.. (1959). Diglossia. *Word, 15*, 325-40. Also in Giglioli, Pier Paolo (1972). *Language and Social Context* (pp. 232-251). New York: Penguin Books.
10. Fillmore, Charles J.. (1978). On the organization of the semantic information in the lexicon. In D. Farkas, W. M. Jacobsen & K. W. Todrys (Eds.), *Papers from the Parasession on the Lexicon* (pp. 148-173). Chicago: Chicago Linguistic Society.
11. Goldberg, Adele E.. (1995). *Constructions: A Construction Grammar Approach to Argument Structure*. Chicago and London: The University of Chicago Press.
12. Goldberg, Adele E.. (2006). *Constructions at Work*. Oxford: Oxford University Press.

13. Greenberg, Joseph H.. (1966). Some universals of grammar with particular reference to the order of meaningful elements. In Joseph H. Greenberg (Ed.), *Universals of Language*(Second Edition, pp. 73-113). London: The M.I.T. Press.
14. Gumperz, John J. & Wilson, Robert. (1971). Convergence and creolization: a case from the Indo-Aryan/Dravidian border in India. In Hymes D. H., *Pidginization and Creolization of Languages* (First Edition, pp. 151-167). Cambridge: Cambridge University Press.
15. Hock, Hans. (1991). *Principles of Historical Linguistics* (Second Edition). Berlin, New York: Walter de Gruyter.
16. Jackendoff, Ray. (2003). Lexical semantics. In Ray Jackendoff, *Foundations of Language: Brain, Meaning, Grammar, Evolution* (pp. 333-377). New York: Oxford University Press.
17. Jurafsky, Daniel. (1988). On the semantics of Cantonese changed tone or women, matches and Chinese broccoli. *Proceedings of the Fourteenth Annual Meeting of the Berkeley Linguistics Society, 6,* 304-318.
18. Jurafsky, Daniel. (1996). Universal tendencies in the semantics of the diminutive. *Language, 72*(3), 533-578.
19. Kager, Rene. (1999). *Optimality Theory.* Cambridge: Cambridge University Press. 卡格著（2001）。**優選論**（第一版）。北京：外語教學與研究出版社，劍橋大學出版社。

20. Labov, William. (1984). *Sociolinguistic Patterns* (First Edition). Taipei: The Crane.
21. Labov, William. (1991). On the use of the present to explain the past. In William Labov, *Studies in Sociolinguistics: Selected Papers by William Labov* (pp. 328-374). Beijing: Beijing Language and Culture. 拉波夫著。**拉波夫自選集**（頁328-374）。北京：北京語言文化大學出版社。
22. Labov, William. (1994). *Principles of Linguistic Change: Internal Factors*. Oxford and MA: Blackwell Publishers Ltd.
23. Labov, William. (2001). *Principles of Linguistic Change: Social Factors*. Oxford: Blackwell Publishers Ltd.
24. Lakoff, George & Johnson, Mark. (1980). *Metaphors We Live By*. Chicago: University of Chicago Press. 萊科夫、強森著。**我們賴以生存的譬喻**（*Metaphors we live by*）周世箴譯。臺北：聯經出版事業股份有限公司。（2006）
25. Lefebvre, Claire. (2004). *Issues in the Study of Pidgin and Creole Languages*. Amsterdam and Philadelphia: John Benjamins Publishing Co.
26. Maciver, D. & Mackenzie, Manfred. (1992). *Chinese-English Dictionary: Hakka-Dialect*. Taipei: SMC Publishing Inc. (Original edition published by Presbyterian Mission Press, Shanghai 1926).
27. Norman, Jerry.（羅杰瑞）. (1975). Tonal development in Min. *Journal of Chinese Linguistics, 1*(2), 222-238.
28. Norman, Jerry.（羅杰瑞）. (1988). *Chinese*. Cambridge:

Cambridge University Press.
29. Norman, Jerry.（羅杰瑞）. & Coblin, South（柯蔚南）. (1995). A new approach to Chinese historical linguistics. *Journal of the American Oriental Society*, *114*(4), 576-584.
30. Ohala, John. J.. (1983). Cross-language use of pitch: an ethological view. *Phonetica*, *40*, 1-18.
31. Ohala, John. J.. (1984). An ethological perspective on common cross-language utilization of F0 of voice. *Phonetica, 41*, 1-16.
32. Ohala, John. J.. (1994). The frequency code underlies the sound-symbolic use of voice pitch. In Leanne Hinton, Johanna Nichols and John J. Ohala (Eds.), *Sound Symbolism* (pp. 325-347). Cambridge: Cambridge University Press.
33. Pustejovsky, James. (1995). *The Generative Lexicon*. Cambridge, Mass.: The MIT Press.
34. Robins, Robert. H.. (1997). *A Short History of Linguistics*. Malaysia: Addison Wesley Longman. 羅賓著。**簡明語言學史**（*A Short History of Linguistics*；許德寶、馮建明、胡明亮譯）。北京：中國社會科學出版社。
35. de Saussure, Ferdinand. (1956). *Course in General Linguistics*. New York: McGraw-Hill.
36. Sebba, Mark. (1997). *Contact Languages: Pidgins and Creoles*. Hampshire: Palgrave Macmillan.
37. Schaank, Simon. H.. (1897). *Het Loeh-Foeng Dialect*. Carolina: Nabu Press. 桑克氏著（1897）。**客語陸豐方言**（*Het Loeh-Foeng Dialect*）。萊頓：荷蘭萊頓大學出版。

38. Thomason, Sarah G.. (2001). *Language Contact*. Edinburgh: Edinburgh University Press.
39. Thomason, Sarah. G. & Kaufman, Terrence. (1988). *Language Contact, Creolization, and Genetic Linguistics*. Berkeley: University of California Press.
40. Trudgill, Peter. (1986). *Dialects in Contact*. Oxford: Basil Blackwell Ltd.
41. Wang, William S. Y.（王士元）. (1969). Competing changes as a cause of residue. *Language, 45*(1), 9-25.
42. Wang, William S. Y.（王士元）. (1969). Language change: a lexical perspective. *Annual Review of Anthropology, 8*, 353-371.
43. Wang, William S. Y.（王士元）& Lien, Chinfa（連金發）. (1993). Bidirectional diffusion in sound change. In C. Jones (Ed.), *Historical Linguistics*: *Problems and Perspectives* (pp. 345-400). Essex: Longman Linguistics Library.
44. 王力（1980）。**漢語史稿**（第一版）。北京：中華書局。
45. 王洪君（1999）。**漢語非線性音系學**（第一版）。北京：北京大學出版社。
46. 中央民族學院少數民族語言研究所編（1987）。**中國少數民族語言**。成都：四川民族社。
47. 北京大學中國語言文學系語言學教研室編（1995）。**漢語方言詞彙**（第二版）。北京：語文出版社。
48. 平田昌司（1983）。「小稱」與變調。*Computational Analyses of Asian and African Language, 21*, 43-57。

49. 石毓智（2004）。量詞、指示代詞和結構助詞之關係。收錄於石毓智著，**漢語研究的類型學視野**（第一版，頁76-97）。南昌：江西教育出版社。
50. 莊初升（2004）。**粵北土話音韻研究**（第一版）。北京：中國社會科學出版社。
51. 江俊龍（2003）。**兩岸大埔客家話研究**。未出版之博士論文，國立中正大學中國文學研究所博士論文，嘉義縣。
52. 江敏華（1998）。**臺中縣東勢客語音韻研究**。未出版之碩士論文，國立臺灣大學碩士論文，臺北市。
53. 安倍明義（1992）。**臺灣地名研究**（第三版）。臺北：武陵出版有限公司。
54. 朱曉農（2004）。親密與高調：對小稱調、女國音、美眉等語言現象的生物學解釋，**當代語言學**，6(3)，193-222。
55. 汪大年（1992）。藏緬語「a-」詞頭探源，收錄於國際彝緬語學術會議論文編輯委員會（編著），**彝緬語研究**（第一版，頁229-244）。成都：四川民族出版社。
56. 汪化云（2004）。**鄂東方言研究**。成都：巴蜀書社。
57. 李永燧、王爾松（1984）。**哈尼語簡志**。北京：民族出版社。
58. 李如龍（2001）。東南方言人稱代詞比較。**漢語方言的比較研究**（第一版，頁138-176）。北京：商務印書館股份有限公司。
59. 李如龍、張雙慶主編（1992）。**客贛方言調查報告**。廈門：廈門大學出版社。

60. 李作南（1965）。客家方言的代詞。**中國語文**，**3**，224-229。
61. 李榮（1980）。吳語本字舉例。**語文論衡**（第一版，頁98-102）。北京：商務印書館股份有限公司。
62. 李榮（1983）。關於方言研究的幾點意見。**方言**，**1**，1-15。**語文論衡**（第1版，頁21-38）。北京：商務印書館股份有限公司。
63. 肖萍、陳昌儀（2004）。江西境內贛方言人稱代詞單數的「格」之考察。**南昌大學學報**，**35**(6)，156-159。
64. 何大安（1988)。**規律與方向：變遷中的音韻結構**（初版）。臺北：中央研究院歷史語言研究所。
65. 何大安（1996）。**聲韻學中的觀念和方法**（第二版）。臺北：大安出版社。
66. 何大安（2000）。語言史研究中的層次問題。**漢學研究**，**18**，261-271。
67. 吳中杰（1999）。**臺灣福佬客分布及其語言研究**。未出版之碩士論文，國立臺灣師範大學華語文教學研究所碩士論文，臺北市。
68. 吳中杰（2006）。**國姓鄉的語言接觸與族群認同**。發表於全球視野下的客家與地方社會：第一屆臺灣客家研究國際研討會。臺北市。
69. 阿錯（2001）。藏漢混合語「倒話」述略。**語言研究**，**3**(1)，09-126。
70. 阿錯（2002）。雅江「倒話」的混合特徵。**民族語文**，**5**，34-42。

71. 花松村編纂（1999）。**臺灣鄉土續誌**（第一版）。臺北：中一出版社。
72. 林立芳（1996）。梅縣方言的人稱代詞。**韶關大學學報，17**(3)，66-72。
73. 林衡道口述、楊博整理（1996）。**鯤島探源（一）**。臺北縣：稻田出版社。
74. 和即仁、姜竹儀（1984）。**納西語簡志**。北京：民族出版社。
75. 洪惟仁（1992）。**臺灣方言之旅**（第一版）。臺北：前衛出版社。
76. 洪惟仁（2003a）。**音變的動機與方向：漳泉競爭與臺灣普通腔的形成**。未出版之博士論文，國立清華大學語言學研究所博士論文，新竹市。
77. 洪惟仁（2003b）。桃園大牛欄方言的形成與發展：發祥地的追溯與語言層次、共時演變的分析。**臺灣語文研究，1**(1)，25-67。
78. 范文芳（1996）。竹東腔海陸客語之語音現象。**國立新竹師範學院語文學報，3**，215-237。
79. 高華年（1958）。**彞語語法研究**。北京：科學出版社。
80. 袁家驊（1989）。**漢語方言概要**。北京：文字改革出版社。
81. 孫宏開、劉璐編著（1986）。**怒族語言簡志**。北京：民族出版社。
82. 孫宏開編著（1981）。**羌語簡志**。北京：民族出版社。
83. 孫宏開（1982）。**獨龍語簡志**。北京：民族出版社。

84. 桃園文獻編輯審查小組委員會編（1994）。**桃園文獻**（第二期）。桃園縣：桃園縣政府。
85. 徐兆泉（2001）。**臺灣客家話辭典**。臺北：南天書局。
86. 徐貴榮（2002）。**臺灣桃園饒平客話研究**。未出版之碩士論文，國立新竹師範學院臺灣語言與語文教育研究所碩士論文，新竹市。
87. 徐通鏘（1991）。**歷史語言學**（第一版）。北京：商務印書館股份有限公司。
88. 徐琳、木玉璋、蓋興之（1986）。**傈語簡志**。北京：民族出版社。
89. 徐悉艱、徐桂珍編著（1984）。**景頗族語言簡志：載瓦語**。北京：民族出版社。
90. 許國璋（1997）。**論語言和語言學**（第一版）。北京：商務印書館股份有限公司。
91. 張光宇（2003）。比較法在中國。**語言研究**，4，95-103。
92. 張光宇（2004）。漢語語音史中的雙線發展。**中國語文**，6，545-557。
93. 張洪年（2000）。早期粵語中的變調現象。**方言**，4，299-312。
94. 張屏生（1998）。**東勢客家話的超陰平聲調變化**，第七屆國際暨十六屆全國聲韻學學術研討會論文。彰化：國立彰化師範大學；收錄於**聲韻論叢**，8，461-478；另收錄於張屏生編，**方言論叢**（頁83-96）。屏東：編者出版。
95. 張屏生（2001，6月）。**大牛欄閩南話、客家話的雙方言**

現象析探，國科會語言學門〈一般語言學〉成果發表會論文。臺北市：國立臺灣大學語言學研究所主辦。收錄於**八十九年國科會語言學門〈一般語言學〉研究成果發表會論文集**（頁55-72）。另收錄於**方言論叢**（頁164-180）。屏東縣：編者出版。

96. 張屏生（2004）。**臺灣四海話音韻和詞彙的變化**。第二屆「漢語方言」小型研討會：中央研究院語言學研究所。

97. 張素玲（2005）。**關西客家話混同關係研究**。未出版之碩士論文，國立新竹教育大學臺灣語言與語文教育研究所碩士論文，新竹市。

98. 曹志耘（2001）。南部吳語的小稱。**語言研究**，**3**，33-44。

99. 曹逢甫（1998）。雙言雙語與臺灣的語文教育。**第三屆臺灣語言國際研討會論文集**（第二集，頁163-180）。新竹市：臺灣語言文化中心。

100. 曹逢甫（2006）。語法化輪迴的研究：以漢語鼻音尾／鼻化小稱詞為例。**漢語學報**，**2**，2-15。

101. 曹逢甫、李一芬（2005）。從兩岸三地的比較看東勢大埔客家話的特殊35/55調的性質與來源。**漢學研究**，**23**(1)，79-106。

102. 曹逢甫、連金發、鄭縈、王本瑛（2002）。新竹閩南語正在進行中的四種趨同變化，收錄於丁邦新、張雙慶編，**閩語研究及其與周邊方言的關係**（頁221-231）。香港：香港中文大學。

103. 曹逢甫、劉秀雪（2001）。閩南語小稱詞的由來：兼談歷史演變與地理分布的關係。**聲韻論叢**，**11**，295-310。
104. 曹逢甫、劉秀雪（2008）。閩語小稱詞語法化研究：語意與語音形式的對應性。**語言暨語言學**，**3**，629-657。
105. 連金發（1998）。臺灣閩南語詞綴「仔」的研究，收錄於黃宣範編，**第二屆臺灣語言國際研討會論文選集**（頁465-483）。臺北市：文鶴出版社。
106. 連金發（1999）。方言變體、語言接觸、詞彙音韻互動，收錄於石鋒、潘悟雲編，**中國語言學的新拓展**（頁150-177）。香港：香港城市大學出版社。
107. 項夢冰（2002）。《客家話人稱代詞單數「領格」的語源》讀後，**語文研究**，**1**，40-45。
108. 陳忠敏（1992）。論吳語閩語兩種小稱義的語音形式及來源，**大陸雜誌**，**85**(5)，35-39。
109. 陳保亞（1996）。**論語言接觸與語言聯盟：漢越（侗台）語源關係的解釋**（第一版）。北京：語文出版社。
110. 陳保亞（2005）。語言接觸導致漢語方言分化的兩種模式，**北京大學學報**，**42**(2)，43-50。
111. 陳淑娟（2002）。**桃園大牛欄閩客接觸之語音變化與語言轉移**。未出版之博士論文，國立臺灣大學中國文學研究所博士論文，臺北市。
112. 黃金文（2001）。**方言接觸與閩北方言演變**。未出版之博士論文，國立臺灣大學中國文學研究所博士論文，臺北市。

113. 黃怡慧（2004）。**臺灣南部四海話的研究**。未出版之碩士論文，國立高雄師範大學臺灣語言及教學研究所碩士論文，高雄市。
114. 黃雪貞編纂、李榮主編（1995）。**梅縣方言詞典**（第一版）。南京：江蘇教育出版社。
115. 黃詩惠（2003）。**《客英大辭典》音韻研究**。未出版之碩士論文，彰化師範大學國文學系碩士論文，彰化縣。
116. 彭盛星（2004）。**臺灣五華（長樂）客家話研究**。未出版之碩士論文，國立新竹師範學院臺灣語言與語文教育研究所碩士論文，新竹市。
117. 游文良（2002）。**畬族語言**（第一版）。福州：福建人民出版社。
118. 溫秀雯（2003）。**桃園高家豐順客話音韻研究**。未出版之碩士論文，國立新竹師範學院臺灣語言與語文教育研究所碩士論文，新竹市。
119. 董同龢（1956）。**華陽涼水井客家話記音**（第一版）。北京：科學出版社。
120. 董忠司（1996）。東勢客家語音系略述及其音標方案。收錄於董忠司主編，**臺灣客家語概論講授資料彙編**（頁257-272）。臺北：臺灣語文學會出版。
121. 葉瑞娟（1998）。新竹四縣客家話「兒」的研究。收錄於董忠司主編，**臺灣語言及其教學國際研討會論文集**（頁331-356）。新竹市：臺灣語言文化中心。

122. 楊名龍（2005）。**新屋水流軍話與海陸客話雙方言現象研究**。未出版之碩士論文，臺北市：臺北市立教育大學應用語言文學研究所碩士論文。
123. 楊時逢（1957）。**臺灣桃園客家方言**。臺北：中央研究院歷史語言研究所。
124. 趙元任（1980）。音位論。**語言問題**（頁25-36）。臺北市：商務印書館股份有限公司。
125. 趙元任（2002）。音位標音法的多能性（The Non-Uniqueness of Phonemic Solutions of Phonetic Systems.）。收錄於趙元任，**趙元任語言學論文集**（頁750-795）。北京：商務印書館股份有限公司。原載於中央研究院歷史語言研究所編輯出版部（1934），**歷史語言研究所集刊**（第四本第四分）。臺北市：中央研究院歷史語言研究所。
126. 潘悟云（1988）。青田方言的連讀變調和小稱音變，收錄於復旦大學中國語言文學研究所吳語研究室編，**吳語論叢**（頁238-248）。上海：上海教育出版社。
127. 鄭張尚芳（2002）。漢語方言異常音讀的分層及滯古層次分析，收錄於何大安主編，**南北是非：漢語方言的差異與變化**（頁97-128）。臺北市：中央研究院歷史語言研究所。
128. 鄭縈（2007）。**從小稱標記的混用看四海客家話**，發表於語言微觀分佈國際研討會。臺北市：中央研究院語言學研究所。

129. 鄧盛有（2000）。**臺灣四海話的研究**。未出版之碩士論文，國立新竹師範學院臺灣語言與語文教育研究所碩士論文，新竹市。
130. 劉秀雪（2003）。**語言演變與歷史地理因素—莆仙方言：閩東與閩南的匯集**。未出版之博士論文，國立清華大學語言學研究所博士論文，新竹市。
131. 劉若雲、趙新（2007）。漢語方言聲調屈折的功能。**方言**，**3**，226-231。
132. 劉澤民（2005）。**客贛方言歷史層次研究**（第一版）。蘭州：甘肅民族出版社。
133. 劉璐（1984）。**景頗族語言簡志：景頗語**。北京：民族出版社。
134. 賴文英（2003a）。《客英大辭典》的客話音系探析。**暨大學報**，**7(2)**，33-50。
135. 賴文英（2003b）。新屋地區的多方言現象。**臺灣語言與語文教育**，**5**，26-41。
136. 賴文英（2004a）。**新屋鄉呂屋豐順腔客話研究**。未出版之碩士論文，國立高雄師範大學臺灣語言及教學研究所碩士論文，高雄市。
137. 賴文英（2004b）。**共時方言的疊置式音變與詞變研究**。2004年中央研究院語言學研究所第二屆「漢語方言」小型研討會。臺北市：中央研究院語言學研究所。
138. 賴文英（2005a）。**海陸客語仔綴詞語音演變的規律與方向**。發表於全國語言學論文研討會。新竹市：交通大學。

139. 賴文英（2005b）。試析新屋呂屋豐順腔古上去聲的分合條件，**客家文化研究通訊，7**。
140. 賴文英（2007a）。**從新屋的開發與多方言來源看語言文化的變遷**。發表於桃園客家開發與史蹟文化研討會。桃園縣：桃園縣平鎮市社教文化中心。
141. 賴文英（2007b）。**論語言接觸與語音演變的層次問題：以臺灣客語四海話的形成為例**。發表於第十屆國際暨廿五屆全國聲韻學學術研討會。臺北市：國立臺灣師範大學。
142. 賴文英（2007c）。**臺灣客語四海話的橫向滲透與縱向演變**（NSC-95-2922-I-134-004），發表於第七屆國際客方言研討會。香港：香港中文大學。
143. 賴文英（2008a）。**客語人稱與人稱領格來源的小稱思維**，發表於第七屆臺灣語言及其教學國際學術研討會。臺北市：臺灣師範大學。
144. 賴文英（2008b）。**區域方言的語言變體研究：以桃園新屋客語小稱詞為例**。未出版之博士論文，國立新竹教育大學臺灣語言與語文教育研究所博士論文，新竹市。
145. 賴文英（2008c）。臺灣客語四海話的橫向滲透與縱向演變，收錄於張雙慶、劉鎮發主編，**客語縱橫：第七屆國際客方言研討會論文集**（頁339-348）。香港：香港中文大學。
146. 賴文英（2009）。**高調與小稱：臺灣海陸客語小稱變調的形成與演變**。發表於第一屆臺灣客家語文學術研討會論文。桃園縣：中央大學。

147. 賴文英（2010a）。客語人稱與人稱領格來源的小稱思維。**臺灣語文研究**，**5**(1)，53-80。
148. 賴文英（2010b）。從新屋的開發與多方言來源看語言文化的變遷，收錄於徐貴榮主編，**客家墾殖開發與信仰論輯**（頁91-110）。桃園縣：桃園縣社會教育協進會。
149. 賴文英（2010c）。臺灣海陸客語高調與小稱的關係。**漢學研究**，**28**(4)，295-318。
150. 賴文英（2012a）。四海話與優選制約。**天何言哉**。桃園縣：中央大學出版中心（已通過審查，預計2012年初出版）。
151. 賴文英（2012b）。論語言接觸與語音演變的層次問題。**聲韻論叢**（已通過審查，預計2012年初出刊），**17**。
152. 蕭素英（2007）。閩客雜居地區居民的語言傳承。**語言暨語言學**，**8**(3)，667-710。
153. 戴維・克里斯特爾編（2000）。**現代語言學詞典**（第一版）。北京：商務印書館股份有限公司。
154. 謝國平（2000）。**語言學概論**（增訂二版）。臺北市：三民書局股份有限公司。
155. 鍾榮富（2001）。**福爾摩沙的烙印：臺灣客家話導論**（語言篇上、下冊）。臺北：行政院文化建設委員會。
156. 鍾榮富（2004）。**四海客家話形成的規律與方向**，發表於2004年中央研究院語言學研究所第二屆「漢語方言」小型研討會。臺北市：中央研究院語言學研究所。
157. 鍾榮富（2006）。四海客家話形成的規律與方向。**語言暨語言學**，**7**(2)，523-544。

158. 羅美珍、鄧曉華（1995）。**客家方言**（第一版）。福建：福建教育出版社。
159. 羅肇錦（1990）。**臺灣的客家話**（第一版）。臺北市：臺原出版。
160. 羅肇錦（1997）。**從臺灣語言聲調現象論漢語聲調演變的幾個規律**，發表於臺灣語言發展學術研討會。新竹：新竹教育大學。
161. 羅肇錦作、鍾肇政總召集（2000）。**臺灣客家族群史**（語言篇）。南投市：臺灣省文獻委員會。
162. 羅肇錦（2005）。**「整理客話山歌歌詞及民間故事收集編纂」研究計劃**。臺北市：行政院客家委員會。
163. 羅肇錦（2006a）。**「整理桃園地區客家民間故事及令仔收集編纂」研究計劃**。臺北市：行政院客家委員會。
164. 羅肇錦（2006b）。客語源起南方的語言論證。**語言暨語言學**，7(2)，545-568。
165. 嚴修鴻（1998）。客家話人稱代詞單數「領格」的語源。**語文研究**，**1**，50-56。

附錄一：新屋鄉各村戶數、人口數統計表

（以下資料取自於「新屋戶政網」2007年7月）

區域別	戶數	男	女	合計
笨港村	419	747	583	1330
蚵間村	335	626	517	1143
新生村	1238	2367	2319	4686
新屋村	951	1797	1706	3503
頭洲村	1106	2038	1829	3867
槺榔村	462	776	618	1394
後湖村	488	954	836	1790
後庄村	396	786	596	1382
埔頂村	835	1704	1479	3183
望間村	533	1088	792	1880
清華村	1292	2457	2180	4637
深圳村	265	448	339	787
永興村	464	709	585	1294
石牌村	327	576	477	1053
石磊村	666	1312	1121	2433
赤欄村	433	775	691	1466
東明村	491	884	846	1730
社子村	500	963	792	1755
九斗村	815	1438	1333	2771
下田村	650	1192	1032	2224

語言變體與區域方言

區域別	戶數	男	女	合計
下埔村	295	494	400	894
大坡村	497	956	755	1711
永安村	818	1615	1405	3020

說明：目前全鄉有23村，共14276戶49933人，近十二年來總人口的增加數並不多。

附錄二：新屋鄉主要姓氏人口數統計表

（以下資料取自「內政部戶政司」2007年7月）

		合計	男	女	比例	累比
1	黃	4031	2152	1879	8.1%	8.1%
2	陳	3118	1619	1499	6.2%	14.3%
3	徐	3108	1753	1355	6.2%	20.5%
4	葉	2956	1740	1216	5.9%	26.5%
5	張	2327	1199	1228	4.7%	31.1%
6	彭	2296	1337	959	4.6%	35.7%
7	姜	2192	1313	879	4.4%	40.1%
8	羅	2157	1234	923	4.3%	44.4%
9	李	1744	903	841	3.5%	47.9%
10	許	1719	964	755	3.4%	51.4%
11	謝	1399	766	633	2.8%	54.2%
12	劉	1306	617	689	2.6%	56.8%
13	吳	1284	655	629	2.6%	59.4%
14	林	1282	601	681	2.6%	61.9%
15	曾	1241	656	585	2.5%	64.4%
16	呂	1182	674	508	2.4%	66.8%
17	廖	1061	579	482	2.1%	68.9%
18	邱	1008	550	458	2.0%	70.9%
19	王	865	428	437	1.7%	72.6%
20	莊	864	481	364	1.7%	74.4%
	計	37140			74.4%	
	總	49933			100.0%	

附錄三：新屋鄉位置圖

取自──新屋鄉公所全球資訊網：http://www.shinwu.gov.tw/

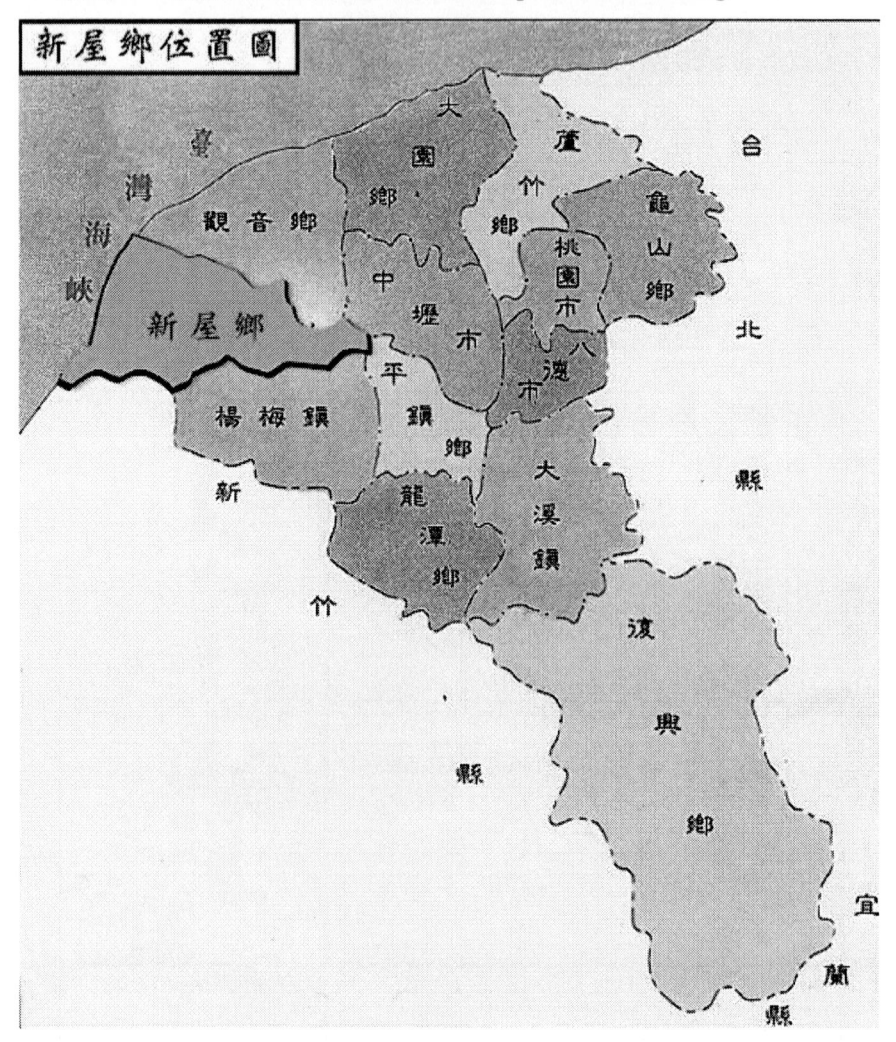

附錄四：新屋鄉各村位置圖

取自──新屋鄉公所全球資訊網：http://www.shinwu.gov.tw/

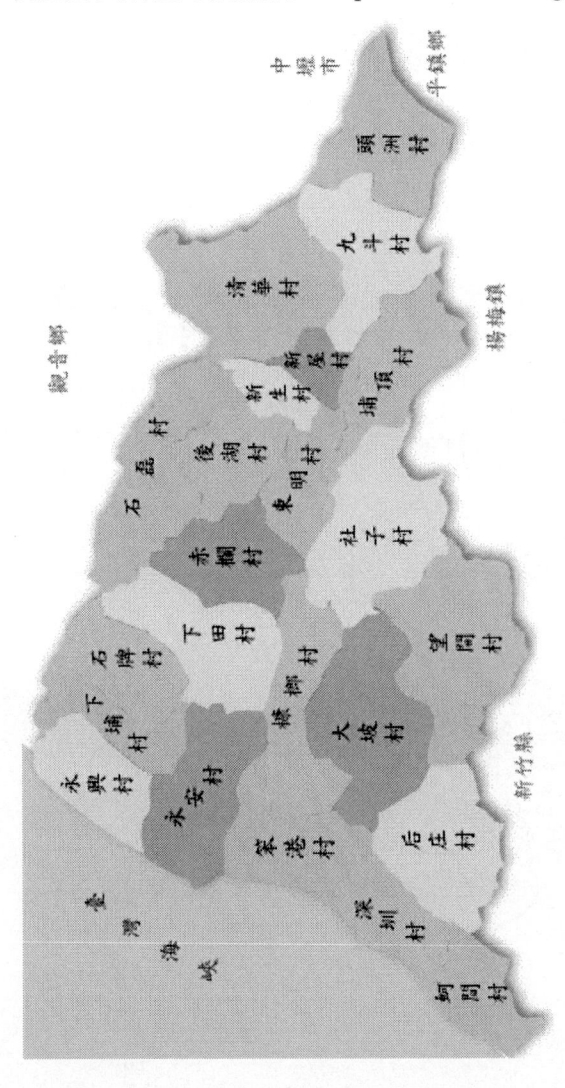

語言變體與區域方言

附錄五：新屋鄉及其鄰近地區語言分布圖

（繪製者：賴文英）

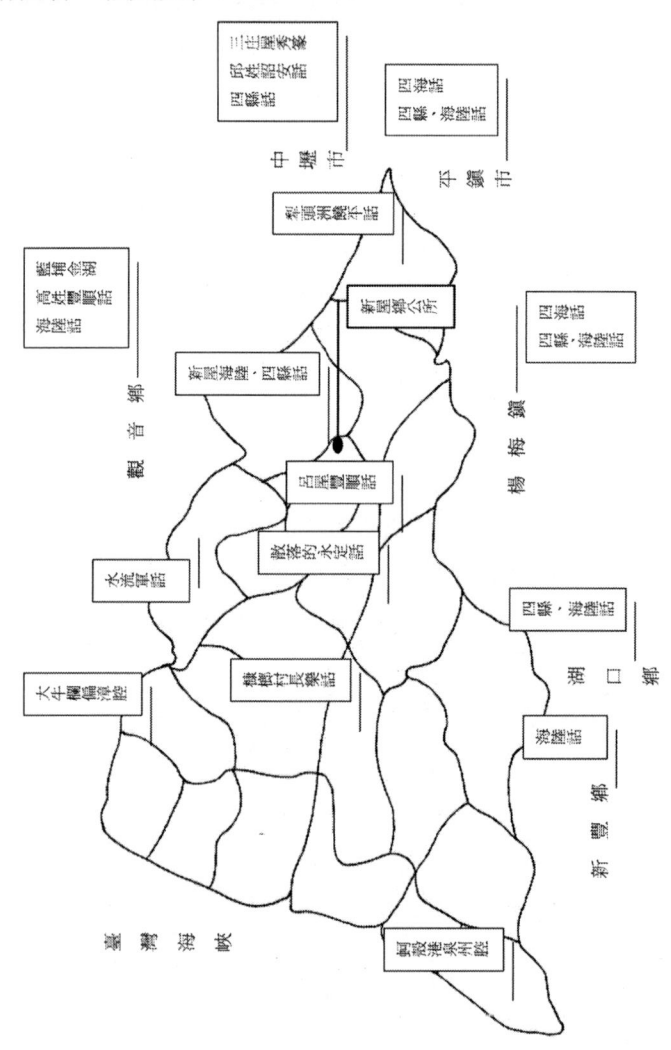

國家圖書館出版品預行編目資料

語言變體與區域方言——以臺灣新屋客語為例／賴文英著. -- 初版. -- 臺北市：師大；新北市：Airiti Press, 2012.06
面； 公分
ISBN 978-957-752-661-8（平裝）
1.漢語方言 2.客語

802.5　　　　　　　　　　　101009354

語言變體與區域方言——以臺灣新屋客語為例

作　　者／賴文英
發 行 人／張國恩
總 編 輯／陳昭珍
責任主編／古曉凌
責任編輯／方文凌、林冠吟
執行編輯／方文凌、謝佳珊、林冠吟、陳靜儀
版面編排／李雅玲
封面設計／鄭清虹
出版單位／國立臺灣師範大學 & Airiti Press Inc.
編輯委員會／王震哲、李振明、李通藝、周愚文、林東泰、洪欽銘、
　　　　　　許瑞坤、陳文華、陳麗桂、劉有德、潘朝陽

發 行 所／國立臺灣師範大學
　　　　　106臺北市大安區和平東路一段129號
　　　　　電話：(02)7734-5289　傳真：(02)2393-7135
　　　　　服務信箱：libpress@deps.ntnu.edu.tw

　　　　　Airiti Press Inc.
　　　　　234新北市永和區成功路一段80號18樓
　　　　　電話：(02)2926-6406　傳真：(02)2231-7711
　　　　　服務信箱：press@airiti.com

法律顧問／立暘法律事務所 歐宇倫律師
ISBN／978-957-752-661-8
GPN／1010101048
出版日期／2012年6月初版
定　　價／新台幣350元

版權所有‧翻印必究　　Printed in Taiwan